集英社オレンジ文庫

秘密のチョコレート

チョコレート小説アンソロジー

今野緒雪
岩本　薫
我鳥彩子
はるおかりの
櫻川さなぎ

本書は書き下ろしです。

Secret Chocolate

Contents

the SECRET CHOCOLATE
is SWEET and
BITTER...DELICIOUS!

プラリネ

櫻川さなぎ

the SECRET CHOCOLATE
is SWEET and
BITTER...DELICIOUS!

written by Sanagi Sakuragawa

私が憧れるものは、いつも分厚いガラスの向こう側にある。

『ラ・ショコラトリー・スヴニール』のカフェスペースは今日も満席だ。

店内を満たす濃厚なチョコレートの香り。その香気に酔っ払ったかのように、若い女性客たちが頬《ほお》を上気させ、何やら店の奥を気にしている。

「あ、今こっち見た」

「目、合ったよね?」

「マジでイケメンすぎるでしょー、しんどいんだけど」

あちこちから聞こえてくる浮《うわ》ついたヒソヒソ話にうんざりしながら、塔野倫子《とうのりんこ》は窓際の席で頬杖をついていた。

テーブルに置かれているのは飲みかけの紅茶と真っ白なスクエアプレート。その上には大きなオレンジの輪切りを使ったオランジェットが二枚、手つかずで残っている。

ふと隣の席を見ると、二人組の女性客がこちらに好奇の目を向けていることに気付いた。知らん顔をして、すっかり冷めてしまった紅茶に口をつける。

自分の制服姿が店内で浮いていることは自覚していた。確かに場違いかもしれない。この店は、女子高生が放課後に寄り道するにしては少し贅沢《ぜいたく》すぎる。

けれど倫子には、どうしてもここに通わなくてはならない理由があるのだ。ドーナツショップでもハンバーガーショップでもなく、他のチョコレート専門店でもなく、この『スヴニール』に毎日足を運ぶ理由が。

「――また部活サボったな、塔野」

背後からの声に驚いて振り向くと、同じ陸上部の三戸崎佑介《みとざきゆうすけ》が腕組みしてこちらを見下ろしていた。

「和菓子屋の娘がなんでこんなシャレたチョコレート屋にいるんだよ。敵情視察か？」

陸上部指定の大きなエナメルバッグをテーブルの下に放り入れてから、ドカッと向かいの席に腰掛ける。

「どうしてわかったの。私がここにいるって」

「昨日もいたから。おとといも、その前の日も」

佑介は呆《あき》れ顔で、

「お前さあ、練習サボってる自覚があるならちょっとはコソコソしろよな。毎日毎日、駅前の通りに面した窓際を堂々と陣取りやがって。目立つっつーの」

的を射た指摘に、倫子は唇を尖《とが》らせることしかできなかった。

部活を無断で休み、この店に通うようになって今日で五日になる。もしかしたら他の部員にも、そして陸上部顧問の藤原《ふじわら》先生にも目撃されていたかもしれない。白髪の交じった太い眉毛と人のよさそうな目尻《めじり》のしわが思い浮かび、みぞおちのあたりが微《かす》かに重くなった。

「五日も練習しなかったら逆にストレス溜まんねえ？　俺は一日でも休むと身体《からだ》ン中モヤモヤして無理だわ」

佑介は長い指で倫子のオランジェットをつまみ上げ、ひょいと口に入れた。もぐもぐしながら「甘っ」と顔をしかめる。

「お前、毎日こんなもん食ってたら太るぞ」

「女子はちょっと太ってるくらいが可愛《かわい》いってネットで見た」

「バカ、俺が言ってんのは」

佑介はそこで言葉を切った。

スランプに陥《おちい》った上に体形まで変わってしまったら、本当に競技に戻れなくなる――そう続けようとしたのだろう。倫子をこれ以上追いつめないよう、最後まで言わずに飲み込んだのは彼の思いやりだ。

気まずさをごまかすように、佑介は卓上のメニュースタンドに手を伸ばした。メニューを流し読んでから、ぎょっと目をむく。

「高《た》っけえ。何だよ、チョコと飲み物だけで千二百円て」

「ちょっと三戸崎、声が大きい」

「だって、千二百円て。駅前の回転寿司《ずし》ならマグロ十二皿も食えんだぞ?」

隣席から聞こえるクスクス笑いも意に介さず、佑介はメニューを眺めながらしきりに首をかしげている。

倫子はおでこに手を当ててため息をついた。女子からの人気がそこそこあるにもかかわらず、この男になかなか彼女ができない原因はこのあたりにあると思う。単純というか、鈍感というか、物怖《ものお》じしなさすぎ、というか。まあ、それが彼のいいところでもあるのだが。

「――で? 目的は何だよ」

「え?」

「お前がこの店に足しげく通う目的だよ。部活サボってまで毎日ここに来てるのは、何か理由があるんだろ? まさか本当に敵情視察ってわけでもないだろうし」

「それは……」

泳いだ視線が、思わずその〝理由〟の方に吸い寄せられる。

カフェの奥にある、ガラス壁で仕切られた作業スペース。その中で、一人のショコラティエが大きなヘラのようなものを振るっていた。

とろとろに溶かしたチョコレートを大理石の天板の上に流し、集めたり広げたりしながら温度調整を行う〝テンパリング〟という工程だ。ガラス越しに見える彼の表情は真剣そのもので、見ているこちらまで無意識に息を詰めてしまう。

「ふーん」

倫子の視線を追った佑介が、つまらなそうに鼻を鳴らした。

「イケメンじゃん。お前、面食いだったんだな。……あー、他にも同じ穴のムジナがウジャウジャ」

見回せば、女性客たちの多くが彼に熱い視線を送っていた。一緒にされたことは心外だったが、確かに傍《はた》からはそう見えてしまうかもしれない。

「なるほどな。これがお前にとっての〝幅跳《はばと》びより大事なもの〟ってことか」

佑介は低い声でそう言って、今度は紅茶に口をつけ、「苦っ」と鼻にしわを寄せた。ティーカップをソーサーに戻す音が、少しだけ大きめに響く。

「まあ、あれだわ。――なんか、ちょっとがっかりした」

目を合わせずに席を立とうとした佑介の手を、倫子は反射的に摑《つか》んだ。

「全然違うし。勝手に納得しないで」

「……」

摑まれた手と倫子の顔を見比べてから、佑介はもう一度腰を下ろした。

「じゃあ、何だよ。何のために毎日こんな高い店に通ってんだよ」

咄嗟《とっさ》に引き留めてしまった成り行き上、事情を説明するしかない。倫子は渋々口を開いた。

「監視、してるの」

「……カン、シ?」

日本語が理解できない外国人のように、佑介が目を瞬《しばたた》く。

その肩越しに、黙々と作業を続けるショコラティエ、鮎川稜《あゆかわりょう》の姿が見えた。

液状のチョコレートをかき集め、広げ、また集め――全身を使い、全神経を注いでヘラを操る。まるで命を吹き込むかのように。

彼の魔法にかかったチョコレートたちはやがて、店のショーケースの中で幸せそうに輝きを放つのだ。

「何だよ、監視って」

「あの人を見張ってるんだよ。四年も付き合ったオンナを騙《だま》して泣かせた、すごく悪いやつなの」

「え、……あのイケメン?」

「そう。なのに、平気な顔でいつもどおり仕事してる。許せないの。だから、私がしっぽを摑んでセイサイを加えてやるんだ。このままじゃ済まさない。絶対に」

「──」

絶句する佑介の顔から目をそらし、冷め切った紅茶に手を伸ばす。口に含んだ苦い液体が、吐き出した言葉の後味《あとあじ》と混ざり合い、口の中にゆっくりと広がった。

学校帰りに毎日通うショコラトリー。

目当ては熱いホットチョコレートでも、甘酸っぱいオランジェットでもない。

倫子は、窓際のこの席から監視しているのだ。

大切な姉を傷つけた、あの若きショコラティエを。

──テンパリングって、意外と体力を使うんだよ、倫子ちゃん。

いつだったか、得意げにそう言ったまぶしい笑顔が思い浮かび、少しだけ胸が苦しくなった。

倫子の姉、朱莉《あかり》がお風呂場で泣いていたのは、今から三週間ほど前のことだ。

冬休み最後の日であり、朱莉の誕生日だった。脱衣所にこっそり忍び込み、着替えの下にプレゼントを仕込もうとしていた倫子は、シャワーの音に紛《まぎ》れた泣き声に気付いた。

ショックだった。しっかり者の代名詞のような姉が嗚咽《おえつ》するほど泣くなんてよほどのことだ。

こんな時に誕生日プレゼントを――しかも胸に大きく『ラーメン』と書かれたトレーナーを――渡すのは不謹慎だと判断し、いったん出直すことにした。こんなことならネタに走らず、第二候補のキラキラした化粧ポーチにしておくんだった、と後悔した。

「ハッピーバースデー、朱莉！　ハッピーホッピー、ホッピーバースデー！　なんつってな！」

その夜、家族三人でのささやかな誕生日パーティーでは、飲めないお酒を飲んでいる父だけが上機嫌だった。

「0点。次にダジャレ言ったらホッピー没収ね」

心優しい姉が厳《きび》しめにツッコミを入れつつ笑ってあげているのを見て、倫子も一緒に笑った。

明るく振る舞ってはいたけれど、つい先ほどまでシャワーの下で泣いていた朱莉は二重まぶたを赤く腫《は》らしていた。倫子はその痛々しさを直視できず、姉の口元にあるほくろばかり見ていた。

記憶する限り、姉が泣くのを見るのはこれが二度目だ。

一度目は五年前、心臓を悪くして入院していた母が亡くなった時。お葬式の夜、キッチンでお米をとぎながら声を殺して泣いていた後ろ姿を今でもはっきりと覚えている。朱莉は高三で、倫子はまだ小学生だった。

高校卒業後、朱莉は地元の大学に通いながら家業である和菓子店『とう乃《の》』を本格的に手伝い始めた。店番だけでなく仕込みまで難なくこなせたのは、生粋《きっすい》の和菓子職人である父の背中を見て育ったおかげかもしれない。

中堅の会社からいくつか内定をもらったけれど、結局就職はしなかった。現在も父の側《そば》で『とう乃』を支えている。

「――そういや、さっき冷蔵庫を見たけども、今日のバースデーケーキは生クリームなんだな、珍しく」

ポテトサラダを箸《はし》でつつきながら、父が言った。

「どうしたんだ、今年は。お前の誕生日には毎年、稜くんがチョコレートケーキを作って持って来てくれてただろう。俺も二人で酒飲むの楽しみにしてたのに」

倫子は慌てて爪先で父のスネを突《つ》いた。これ以上余計なこと言わないで、と合図したつもりだったが、残念ながらその意図《いと》が父に伝わることはなかった。

「いてて、何だよ倫子、脚《あし》を蹴るなよ。――もしかして稜くんと喧嘩《けんか》でもしたのか？　さっさと謝っちまえよ、いつまでも意地張ってるとフラれるぞ？　お前は母さんに似て頑固だからなあ。何だったら父ちゃんが代わりに謝ってやろうか？　ワハハ」

デリカシーの欠片《かけら》もない発言に、倫子は頭を抱えたくなった。芸術品のように繊細で雅《みやび》やかな和菓子を作っているわりに、こういう時の父は驚くほど鈍感だ。

倫子はおそるおそる姉の様子をうかがった。

なぜ朱莉が泣いていたのか、倫子にはとっくに予想がついている。滅多なことでは動じない姉が涙を流すとしたら、その原因はきっと——。

「稜とは別れた」

倫子が恐れていた言葉を、朱莉はあっさり口にした。

「報告が遅れてごめん。もう、稜がこの家に来ることはないから。これからは、遊びに来たついでに店の仕込みを手伝ってもらうことも、倫子の試合の日に撮影係をしてもらうこともできなくなりました。……ので、今後は繁忙期《はんぼうき》の人手も高性能カメラもあてにしないようにお願いします。以上」

父はポカンと口を開け、たっぷり間を取ってから「そうか」と言った。

その後、話題はやや強引な流れで野球のストーブリーグ関連に切り替わった。朱莉が敬語を使う時は早く話を打ち切りたい時だと、父も知っていたからだ。

その日の深夜。

渡しそこねたプレゼントを持って朱莉の部屋を覗《のぞ》くと、ベッドは空だった。行き先に心当たりがあった倫子は、そのまま廊下の奥に進んだ。

ギシ、ギシ、と音を立てながら狭くて急な階段を上り、物干し場にひょこっと顔を出す。

案の定、朱莉の姿があった。

「寒くないの？　お姉ちゃん」

縁台に腰掛けていた姉は、顔だけこちらに巡《めぐ》らせて「さむいよ」と笑った。朱莉の発した短い返答が、白い息のかたまりと一緒にゆっくりと上昇していく。

朱莉は鮮やかなエメラルドグリーンのベンチコートを着ていた。背中には『盛南高校《じょうなん》』と大きくプリントされている。このやけに派手派手しい防寒着は、バスケ部時代から朱莉が愛用し続けているいわば塔野家の冬の風物詩のひとつだ。

「あんたこそ、そんな薄着で風邪ひくよ。どうしたの？」

「部屋にいなかったから、ここかなって」

築六十年の純和風家屋である我が家には、ベランダの代わりにこの広い物干し場がある。今は乾燥機をフル活用しているためほとんど使っていないが、朱莉がたまにこの場所でぼんやりと物思いにふけっていることは知っていた。

「はい、これ」

リボンを結んだショップ袋を差し出すと、朱莉は目を丸くした。

「プレゼント。日付が変わる前に渡したかったんだ」

「えーっ、いいの？　ありがとう」

早速リボンをほどいて開封しようとする姉を、倫子は慌てて制止した。

「待って、今は開けないで。私がいなくなってから見て」

「なんで」

「いいから」

中身が何であろうと――たとえそれが『ラーメン』と書かれたトレーナーだったとしても――妹想いの姉は全力で喜びを表現しようとするはずだ。傷心を抱えている今、ネタへのリアクションというしようもない負荷をかけるのは気が引けた。

「わかった、楽しみにしとく。ありがとね」

朱莉はにっこり笑って、プレゼントを大事そうに抱きしめた。

街灯が朱莉を背後から照らし、長いまつ毛を浮かび上がらせる。こんな時ふと、母に似ているな、と思う。うらやましい。母はとても美しい人だったから。

この物干し場に上がると、ずっと昔のことを思い出す。

まだ幼かった倫子は、洗濯物を干す母と、それを手伝う朱莉の足下にまとわりついては二人を困らせた。天色《あまいろ》の空には、風に躍《おど》る真っ白なシーツが映《は》えていた。

「――ごめんね、倫子」

ほどいたリボンを細い指先で弄《もてあそ》びながら、朱莉が言った。

「今年のバレンタインデーは、稜にチョコの作り方を教えてもらう約束してたのにね。守れなくなっちゃった。ごめん……」

その言葉は、どこか独り言のように聞こえた。

倫子は黙ったまま、姉の口元のほくろを見つめていた。父の白衣を着て、慣れない手つきで厨房《ちゆうぼう》を手伝う稜の大きな背中が思い浮かんだ。

――そうか。

もう、あの人に会う理由はなくなったんだ。

三人でボウリングに行くことも、井《い》の頭《かしら》公園でボートに乗ることも、高尾山《たかおさん》に登ってお弁当を食べることも。

この物干し場から、自転車に二人乗りして駅に向かう姉と稜を見送ることも、試合の前に必勝のおまじないをかけてもらうことも、――居間でうたた寝する稜の寝顔にこっそり見とれることも。

もうないんだ。二度と。

「……どうして、別れたの？」

ぽろりと口からこぼれた倫子の問いかけに、朱莉は少し驚いたような顔をして、それから困ったように微笑《ほほえ》んだ。

儚《はかな》げな笑顔だった。美しい人は、たとえヘンテコな色のコートを着ていてもやはり美しいのだな、と思った。

結局、朱莉は何も答えなかった。随分《ずいぶん》と長い間、二人は星のない夜空を見上げていた。

「ねえ、倫子」

「ん？」

「男の人はどうして〝お前が一番大事だ〟なんて簡単に言えちゃうんだろうね。……いつか、それが嘘《うそ》になることだってあるのに」

囁《ささや》くような声は少し掠《かす》れていた。恋を失ったばかりの朱莉の横顔は、やはりそれでも美しかった。

「──なるほど」

倫子の話を聞いた佑介は、自転車を押して歩きながら神妙な顔で頷《うなず》いた。

「俺、わかるわ。お前の姉ちゃんの気持ち」

予想外すぎるコメントに、並んで歩いていた倫子はずっこけそうになった。

「待って。今、これっぽっちでも三戸崎に共感の要素あった？　一応、恋愛の話をしてるんだけど」

「あったよ、なんだよそのカチンとくる言い方」

佑介はこちらにじろりと抗議の目を向けた。

「めちゃめちゃ共感したっつーの。何を隠そう、俺も試合で負けた時なんかは風呂でこっそり泣くからな。わかるわー、全裸で泣いた方がすっきりするんだよな。お前も試してみ？」

「……」

共感てそこかーい、とツッコむだけの気力もなく、倫子は無言のままマフラーを口元まで引き上げた。乾ききった冷たい風が、ヒュウ、と音を立てて耳元をかすめる。

〝監視〟を切り上げ、閉店間際の『スヴニール』を出た時、すっかり陽《ひ》は落ちていた。昼間と比べ、気温もぐっと下がっている。

スヴニールからの帰り道、こうして駅に背を向けて商店街を進んでいくと、次第に開いているお店が減り、すれ違う人もいなくなり、心細さと空《むな》しい気持ちが増してくる。今日の気分がちょっとだけマシなのは、一緒にいる佑介が能天気でいてくれるおかげかもしれない。

「つーか、よくわかんねえんだけど」

「なに?」

「つまり、二人はなんで別れたんだ?」

「はっきりとは教えてもらえなかったけど」

倫子はきゅっと眉間《みけん》にしわを寄せた。

「たぶん、あの人にとってお姉ちゃんが〝いちばん大事〟じゃなくなったから?」

「……二番目になったってことか?」

「そういうことだと思う。他にオンナができたんだよ。きっと」

「マジかよ。いやあ、そんな簡単に心変わりするもんなのか? だって、四年も家族ぐるみで付き合ってたんだろ? お前の試合観《み》に来たり、和菓子屋手伝ったり」

「男なんてそんなもんでしょ」

「いや、お前が男を語るなや。付き合ったこともないくせに」

倫子はムーと口を尖らせ、

「付き合ったことがなくてもわかるよ、男の人が浮気性だってことくらい。お父さんだって、最近お気に入りのお客さんがいるみたいだし。お母さんのこと大好きだったくせに」

「へえ、やるじゃん親父《おやじ》さん」

「とにかく。こうして見張ってれば、その新しいオンナがきっと店に現れるはずだから。それまで張り込むつもり」

「そんなに金が続くか？」

「大丈夫。このためにお年玉の定期預金解約したし」

「そこまでしたのかよ、今わりとガチでひいたわ。——でも、オンナが店に来るとは限らなくねえ？　仕事場に来られるのを嫌がる男も多いだろ」

「わかってないなあ。女っていうのは、恋人のテリトリーに足を踏み入れて自分の存在をアピールしたがる生き物なの。ダメって言われても来ちゃうの。写真映えするデザートプレートを注文して『彼氏が作ったチョコです♪』ってSNSに投稿しないと死んじゃうの」

「ふうん。よくわかんないけどすげえめんどくせえな」

　佑介は首をかしげ、「でもなあ」と呟《つぶや》いた。

「なんか……言うほど悪い奴には見えなかったけどな、あの人。イケメンにしては珍しくいい人っぽいっていうか」

「どの辺が？」

「だって、仕事しながらずっとお前のこと気にしてたじゃん。心配そうにチラチラこっち見ちゃってさ」

「うそ、見てないよ」

「めっちゃ見てたっつーの。逆にお前は不自然なほど目をそむけてたけどな」

「べつに、そんなつもりは……」

「俺、思ったんだけど。あの人、お前に何か言いたいことがあるんじゃねえ？　監視なんて遠回しなことしてないで、直接話した方が早いような気がするんだけど」

「やだよ、あんな人と話したくないもん。今さら」

「……」

佑介は倫子の顔をまじまじと見つめ、

「お前さあ。さっきから、あのイケメンのこと必要以上に悪者にしようとしてるよな。なんつーか、自分に言い聞かせようとしてるっつーか」

「そんなこと——」

倫子はプイと横を向いて「してないし」と低い声で呟いた。

「いや、してるだろ」

「してない」

「してるって」

「してないってば。もう、三戸崎には関係ないでしょ。おせっかい！」

べっと舌を出し、大股《おおまた》でずんずん歩いて引き離したが、佑介はすぐに追いついてきた。

「おせっかいは認める。認めた上であえて聞くわ。——お前、結局どうしたいのよ？」

「何が」

「新しいオンナとやらが店に現れたとしてさ。その時はどうすんの？　あんな男はやめとけって、その彼女に伝えんの？」

「……それは……」

「伝えねえの？　制裁を加えるってそういうことだろ？　あのイケメンに思い知らせてやりたくてあの店に通ってるんじゃなかったのかよ。部活サボってまでさ」

「……そうだよ、そうだけど」

「本当は違うんじゃね？」

「どういう意味」

「制裁なんてただの理由づけだって言ってんの。姉ちゃんのためなんかじゃないだろ。俺の目には、お前があのイケメンにかまってもらいたくて駄々をこねてるようにしか見えねえ」

「――そ、――」

言い返そうとしたけれど、言葉が出てこなかった。

唇を噛《か》み締め、じわりと熱くなった喉《のど》元にぐっと力を入れる。

あっさり核心を突かれてしまった。

佑介の言っていることは正しい。正しいけれど、――正しすぎて全然優しくない。

「……わりい。言いすぎた」

二人とも押し黙ったまま、しばらく無言で歩いた。

アーケード商店街には、流行《はや》りのＫポップミュージックが響き渡っている。スピーカーが道に沿っていくつも設置されているらしく、やけに陽気な歌声が人懐《ひとなつ》こい犬のようにどこまでもまとわりついて追いかけてくる。

気まずい空気を引きずりながら商店街を抜けたところで、倫子は足を止めた。

「――荷物、ありがと」

目を伏せたまま、佑介の自転車のカゴから自分のエナメルバッグを引っ張り出す。

「バイバイ」

よいしょ、と肩に掛け、のろのろと歩き出したところで、

「お前、本当は出たいんだろ。部活」

背後からの佑介の言葉に、つん、と後ろ髪を引っ張られたような気がした。

「始めからサボるつもりなら、そんな重い部活カバン持ってこないもんな。出ようかどうしようか、毎日迷ってるんだろ。いつもあの店の窓際の席にいたのは、陸上部の誰かに見つかって強引にでも連れ戻してもらいたい気持ちがあったからじゃねえの」

聞こえないふりをして、歩幅を変えずにそのまま歩き続けた。前方の歩行者信号が点滅を始める。急げば渡れそうだけど、肩に掛けたエナメルバッグが重すぎて走れない。

「俺はそんなことしないからな。あのイケメンのことで何か引っかかってるなら、さっさとカタつけて自分の意思で戻ってこいよ。ちゃんと待っててやるから」

二人の距離が開いていくのに比例して、佑介の声のボリュームが上がっていく。

「藤原先生が、無断欠席のことは一週間までなら目を瞑《つぶ》るって言ってたぞ。跳ぶのが嫌なら、しばらくはストライドの調整とかアジトレとか、別メニュー用意してやるって。先生もみんなも、誰もお前のこと諦《あきら》めてないんだからな。俺だって、お前がいないと部活つまんねえし」

歩行者信号が赤になり、倫子は横断歩道の手前で足を止めた。前を歩く人が振り向いて、何事かと倫子と佑介を見比べている。

それにしてもよく通る声だ。腹式呼吸にも程がある。

そう。思い起こせば、試合で跳ぶ時にはいつもこの声に励まされてきたように思う。調子がいい時も悪い時も、仲間たちの誰よりも大きく、誰よりも熱い声援を送ってくれたのはほかでもない、佑介だった。

信号が変わって、目の前に停車していたバスがゆっくりと動き出す。排気ガスを含んだ風が、倫子の両目に溜まった涙を揺らした。

「おーい。俺にだけ恥ずかしいこと言わせといてガン無視かよ、何とか言えよバーカッ」

「…………」

バカって言う方がバカなんだよ、とでも言い返してやりたいところだったけれど、今はあいにく振り向けない。自分が今、とても情けない顔をしているとわかっているから。

バスのエンジン音に紛れ、「待ってるからなー!」と叫ぶ声が聞こえたかと思うと、間を置かずにギーコ、ギーコとペダルをこぐ音が響き渡った。死にかけたカエルの鳴き声のような音が、徐々に遠のいていく。

どうでもいいけど尋常《じんじょう》ではない異音だ。自転車が壊れているんじゃないかと心配になって振り向いたけれど、佑介の姿はすでに暗がりに溶けて見えなくなっていた。

『──お前、結局どうしたいのよ?』

先ほどの佑介の言葉が脳裏を過《よぎ》る。

倫子はローファーの爪先を見つめながら、自分でもわかんないよ、と涙声で呟いた。

倫子が初めて鮎川稜に出逢《であ》った時、彼はすでに姉の恋人だった。

「今度の週末、うちに同じ大学の人を呼ぶから」

夕飯の時、朱莉がさらりと言った。あまりにさりげなかったので、倫子も父も、てっきり女友達を連れてくるものだと思った。

しかし当日、実際に出迎えてみれば、玄関に立っていたのは長身の男性だった。

そのあまりのイケメンぶりに思わず後ずさりし、助けを求めるように振り返ると、そこには両目をいっぱいに見開いてフリーズする父の姿があった。

「紹介するね。こちらは同じフランス語学科の鮎川稜くん。——えっと、そっちで青くなってるのが和菓子職人の父。と、この子がいつも話してる、幅跳びやってる妹の倫子。ほら、ごあいさつ」

背中を押されるまま前に進み出たけれど、緊張して目を合わせることさえできなかった。

はじめまして、と目の前に差し出された右手はとても大きくて、そっと握ると温かく、少し骨ばっていて、なんだかすごくどきどきした。

「稜もね、高校まで幅跳びやってたんだって。ケガで引退したけど、当時はけっこう有名な選手だったみたい。倫子のこと話したら、試合観に行きたいって言ってたよ」

そう聞いた時は、どうせただの社交辞令だろうと思った。

けれど予想に反し、稜は本当に毎回、朱莉と一緒に応援に来てくれた。『とう乃』の繁忙期と重なって姉も父も来られない試合では、倫子の勇姿を二人に見せたいからと、ビデオカメラ持参で会場に足を運んでくれた。

幅跳びはシンプルな競技だ。助走をし、踏み切り、少しでも遠くに着地する。

あれこれ計算するよりも、頭をからっぽにした方が良いジャンプができた。倫子は天才型だね、などと持ち上げられると、笑い飛ばしながらも内心では「どちらかといえばそうかもな」と思ったりした。

初めてのスランプを経験したのは中学二年の秋だ。それは何の前触れもなくやってきた。助走の歩幅が安定しなくなり、うまく踏み切れなくなった。今までどうやって跳んでいたのか、どうしても思い出せない。感覚だけでやってきた倫子には、この落とし穴からどう抜け出せばいいのか見当もつかなかった。

試合前日、落ち込んで部屋に閉じこもっていたら、稜が訪ねて来た。

――これはね、俺が現役時代、監督に教えてもらったおまじないなんだけど。

おまじないの手順は簡単だった。左右の肩甲骨《けんこうこつ》に、指で大きな翼を象《かたど》ってから、ポン、と勢いよく背中を叩く。

これが、倫子には驚くほどよく効いた。

稜の手が背中に触れると、身体から余計な力が抜け、重力から解放されたような感覚を覚えた。魔法みたい、と言うと、稜は真面目な顔で「内緒だよ」と口の前で人差し指を立ててみせた。


いつの間にか倫子には、幅跳びに打ち込む特別な理由ができていた。

稜にいいジャンプを見せたい。

すごかったねと頭を撫《な》でられたい。

ファインダーを覗く稜の目に、少しでも美しいフォームを焼き付けたい。

その一心で練習に励むうち、面白いほど記録が伸びていった。

そして、中学三年の春。倫子は地区大会決勝戦で大会新記録を叩き出した。


きっと、よくある話なのだろう。

兄弟姉妹の恋人を慕ううちに、恋愛に近い感情を抱いてしまうようなことは。

その自覚もないまま、少しずつ倫子の中で稜の存在が大きくなって、心の深いところまで沁《し》み込んでいって、──気付けば心のすべてが稜に染まってしまっていた。

『恋』と呼ぶには不十分で、あまりにも幼い感情だと自分でも思う。

もしかしたら、大好きな大人に褒《ほ》められたい子供の心理に近いのかもしれない、とも。

けれどこの拙《つたな》い想いが、倫子にとって大事なものであることは、確かだ。

なのに、──。


『ごめんね、倫子』

真夜中の物干し場で、朱莉は言った。

『今年のバレンタインデーは、稜にチョコの作り方を教えてもらう約束してたのにね。守れなくなっちゃった。ごめん……』

あの時、初めて理解した。

姉と稜のつながりが切れてしまえば、倫子も父も、稜とは無関係になるのだと。

『どうして、別れたの?』

──どうして、──。

──お姉ちゃんと別れたからって、どうして私まで彼に会えなくなってしまうの?

あの日から、うまく跳べなくなった。

スランプだと周りからは思われているかもしれないけれど、違う。

単に魔法が解けただけだ。倫子には、重力に逆らって遠くまで跳ぶ力なんて、最初からなかった。

稜に褒めてほしくて、自分のジャンプを見て目を輝かせてほしくて、そのためだけに頑張ってきた。〝理由〟を失《な》くした今、積み重ねてきた魔法は崩れ、効力は失われてしまったのだ。

部活に出られなくなったのは、魔法が解けてしまったことを周りに悟られるのが怖かったから。

稜を監視していたなんて嘘だ。本当は稜の心変わりを疑ったことなんて一度もない。

『スヴニール』に逃げ込んで、手を差し伸べてもらえるのを待っていた。稜ならきっと、もういちど魔法をかけてくれる。そう思ったから――。

『姉ちゃんのためなんかじゃないだろ。俺の目には、お前があのイケメンにかまってもらいたくて駄々をこねてるようにしか見えねえ』

佑介の言ったとおりだ。今の自分はただ甘えたいだけの駄々っ子だ。

帰宅して居間を覗くと、父がソファでうたた寝をしていた。身体に朱莉のブランケットがかけてある。

ふと見ると、ローテーブルの下に大判の本が落ちていた。拾い上げてテーブルの上に戻す。分厚くて、ソフトカバーなのにズシリと重い。かなり読み込んであるのか、付箋《ふせん》がたくさん飛び出していた。

表紙のタイトルから考えて、父が読むとは思えない。姉のものだろう。旅行にでも行くのかな、と思いながら居間を出た。

そのまま裏口に回り、中庭を通って事務所の扉をノックする。中から「はあい」と朱莉の声が聞こえた。

「ただいま」

「おかえり。遅かったね」

朱莉は何やら工作のようなことをしていた。長机の上に、桜色の薄い和紙や細いリボン、虹色の透明フィルムなどが散乱している。

「夕ご飯、肉じゃがだけど。すぐ食べる?」

「ありがと。あとで自分でやる。——それ、バレンタインの限定商品?」

「そう。明日の分のラッピングをね。従業員さんたち、今日は早めに帰しちゃったんだ。

ここのところ、残業続きだったから」

　話しながらも朱莉は手を休めない。机に積まれた小さな化粧箱の山からひとつを取り上げ、和紙で丁寧に包んでいく。箱の中身はカカオ豆をたっぷり使ったつぶ羊羹《ようかん》だ。

『とう乃』では、月替わりで季節の和菓子を販売している。

　毎年二月には個数限定でこのカカオ豆の羊羹を出していて、バレンタインデーのギフト用として特別なラッピングもサービスしていた。

「今日の分も完売だったの？」

「もちろん。お昼過ぎには売り切れてた」

「さすが」

「毎年、着々とファンを増やしてますから」

　朱莉は得意げに微笑んだ。

「私も手伝おうかな、ラッピング」

「でも、お腹空《なかす》いてるでしょ。ご飯食べてきたら」

「いいからいいから」

　張り切って姉の向かいに座り、見よう見まねで取りかかったが、これがなかなか難しかった。真似ているつもりなのに、どうしても同じようにならない。

「――よし、できたっ」

出来上がった倫子の作品を見て、朱莉の表情がどんよりと曇《くも》った。

「倫子……やっぱりご飯食べてきなよ。ここはいいから」

「え、なんで。これ、ダメ？」

姉が作ったものと改めて見比べてみると、――まあ、確かにひどかった。

見本の方はふわふわの尾ひれを持つ金魚のような美しい仕上がりだが、倫子が作った方はなんというか、鼻をかんだあとのティッシュがへばりついているようにしか見えない。

「ごめん。お役にたてず……」

「まあ、誰にでも得手不得手はあるから。気持ちだけありがたく受け取っとく」

いじけて机に突っ伏した倫子の頭を、朱莉がよしよしと撫でた。

昔から、姉は手先が器用だった。そこは父に似たのだと思う。倫子の不器用さはおそらく母から受け継いだものだ。できれば見た目のほうも父ではなく母に似たかった。

「――あのね、倫子」

美しい金魚が目の前で次々と生み出されていく様子を眺めていると、朱莉が言った。

「この前、物干し場で少し話したでしょ。ほら、私の誕生日の夜」

「ああ、うん」

「あの時、なんで稜と別れたかって、私に聞いたよね。覚えてる？」

　一瞬、答えるのが遅れた。

「……覚えてるよ。どうして？」

「あの時は、答えてあげられなくて……ごめん。答えられなかったんだ」

　朱莉はリボンを結ぶ手を止め、倫子の顔を見た。

「でも、早く伝えなきゃってずっと思ってた。知る権利があるんだよね。倫子にとっても、稜は家族みたいな存在だったと思うから」

　首の後ろがざわざわして、倫子はリボンの端《はし》きれをぎゅっと握りしめた。

「実はね」

　聞きたくない、と思った。思わず息を詰めた倫子の耳に、朱莉の言葉が流れ込んできた。

「稜は、――来月からベルギーに渡るの。向こうでショコラティエとして働くんだよ」

　倫子の手から、スルリ、とリボンが滑《すべ》り落ちた。

「スヴニールの副店長だった人が、二年前に向こうでお店を出したんだけど。ようやく軌《き》道《どう》に乗ってきたから、こっちに来て手伝わないかって誘われたんだって。ベルギーで成功したらスカウトするよって、バイト時代に言われてたらしくて。ただの口約束だったのに、ちゃんと結果を出して声をかけてくれるなんて、すごい人だよね。そこまで気に入られてた稜も大したもんだけど……」

　倫子は、ぼんやりと机の上の金魚を見ていた。

　まるで、世間話でも聞かされているような気分だった。

　心が反応しないのは、ベルギーという国があまりにも遠すぎて、イメージが湧かないせいだろうか。

「……ベルギーに行くから、別れようって言われたの？」

　絞り出すような声で訊《き》くと、朱莉は笑いながら首を横に振った。

「違うの。稜ってば、ベルギー行きを勝手に断るつもりだったんだよ。チョコレートの本場で勉強することがずっと夢だったくせに、いざ叶《かな》うことになったら怖気《おじけ》づいちゃって。挙句、一番大事なのは朱莉だってことに気付いた、なんて言い出して。日本でもチョコレートの勉強はできるから、行くのやめるって。バカでしょ？　だから、――こっちから別れようって言ったの」

　きゅっ、とリボンが結ばれる。出来上がった金魚は、少しだけ形が歪《ゆが》んで見えた。

「別れようって、お姉ちゃんから言ったの？」

「そうだよ。あんないくじなしとは思わなかった。もう、がっかり」

「でも、だからって……なにも別れなくても——」

「私なんかのために、夢を諦めてほしくないの」

遮《さえぎ》るように、朱莉はきっぱりと言った。

「一番大事だ、なんて……ズルいよ。今はいいかもしれない。けど、いつか私を選んだことを後悔するかもしれないじゃない。ベルギーに行っておけばよかったって、悔やむかもしれないでしょ。その時になって、私は一番じゃなくなる。……そんなの、いやなの」

俯《うつむ》いて唇を噛み締める朱莉は少女のように幼く、小さく見えた。いつも冷静でしっかり者の姉でも、誰かに恋をするとこんなにも弱くなるのだな、と思った。

「一緒には、行けないの?」

「……」

「好きなら、ついて行けばいいじゃない。別れるくらいなら、一緒に」

朱莉は黙って首を横に振った。

「どうして? お姉ちゃんが『とう乃』を継がなきゃいけないから? ……お父さんと私を置いていったら、かわいそうだから?」

倫子はぐっと身を乗り出した。

「それなら、同じじゃん。一緒にベルギーに行っておけばよかったって、お姉ちゃんだっていつか後悔するかもしれないでしょ？　その時、私たちはお姉ちゃんの中で一番じゃなくなるの？　大事じゃなくなるの？」

シン、と静寂《せいじゃく》がおりる。時計の秒針の音が、やけに大きく響き渡る。

「稜は、……一緒に行こうなんて、一言も言ってくれなかった」

長い間のあと、朱莉はぽつりと言った。

「そこまで背負う覚悟がないんだよ、きっと。稜は『とう乃』から、……お父さんから、倫子から、私を奪い取れない。稜はこの店も、二人のことも、すごく大事に思ってるから。……その気持ちはたぶん、私への気持ちと同じくらい、大きいんだよ」

瞬《まばた》きした朱莉の目から、ぽろり、と涙がこぼれる。雫《しずく》を吸い込んだ桜色の和紙に赤い点が生まれ、ゆっくりと広がっていった。

＊＊＊

翌日の放課後、倫子が昇降口で靴を履きかえていると、外から校舎に戻ってきた女子生徒の集団とすれ違った。校庭の掃除をしていたのか、みんなホウキやゴミ袋を手にしている。

「知ってる！　駅前の、あそこだよね。ドアが大きくて赤いお店」

「甘くていい匂いがするよね」

「そうそう。私、お母さんと一緒に一度だけ行ったことあるよ」

「でも、なんで？　誰か待ってるのかな」

「わかんないけど、めっちゃかっこいい～」

何やらキャッキャしながら中に入っていく。あまり気に留めず入れ違いで外に出ると、前方から三戸崎佑介が歩いてきた。やけに長いゴミ拾い用のトングを手にしている。

「……おう」

「……うん」

気まずさをごまかすように、倫子はローファーの爪先を何度もトントンした。

「お前、部活出るつもり？」

佑介の視線は、倫子が肩に掛けている部活用のエナメルバッグに向けられていた。

「うん、まあ。そろそろ顔出さないとさすがにまずいかなって……」

苦笑しながら「じゃ」と歩き出すと、佑介がカニ歩きで移動し、目の前に立ちふさがった。

「……」

「……」

「え、なに？」

「チョコ屋に会いに行かねえの？」

倫子は目をぱちくりさせて、

「だから……行かないよ。今日から部活に復帰しようと」

「それでいいのかよ」

「……はい？」

「藤原リミットは一週間だって言ったろ。今日、まだ六日目だし」

「だって、三戸崎が言ったんでしょ。早く部活に戻れって」

「チョコ屋のことはどうなったんだよ。定期預金まで解約したのに、もういいのかよ」

「……」

佑介の真剣な表情を見て、倫子はため息をついた。ここは素直に話しておくべきかもしれない。

「そう。もういいの。お姉ちゃんとあの人は別れて、あの人は一人でベルギーに渡って、私は部活に戻る。それでもとどおり」

「なんか、ヤケになってねえ？」

「なってない。昨日、三戸崎に怒られて反省したんだよ。もう、かまってちゃんはやめるの。スランプくらい自分の力で乗り越えないとね。おかげで色々ふっ切れた。三戸崎のおかげだよ、ありがとう」

無理に笑顔を作ってみせると、佑介がグッと顔を近づけてきた。

「その顔、変だぞ」

「え。そ、そう？」

「だいたいわかるんだよ、お前の考えてることは」

そう言って、やにわに倫子のエナメルバッグを奪い取る。

「これ、重いだろ。俺が一晩預かってやるから。今日はもう帰れ」

「え」

「その代わり、藤原リミットは明日までだからな。忘れずに来いよ」

「ちょっ……意味わかんない。どっちなの、来いって言ったり帰れって言ったり――」

佑介が人差し指を立て、その先がゆっくりと斜め後方に向けられる。

「会いに来てるぞ」

「……誰が？」

「イケメンチョコ屋だよ。校門の前で待ってる」

「──っ……」

衝撃のあまり喉が詰まり、ごぎゅっと妙な音が出た。

「嘘」

「嘘じゃねえよ。なんかお前に用事があるんだってさ。気を利かせて、今日は部活休みだって言っといたぞ」

「はっ、話しかけたの？」

「話しかけたよ、なんか見覚えあんなー、と思ってさ。呼んできてほしいって頼まれた。っつーか、校門の前で女子高生を待ち伏せするとか、その辺のおっさんならすぐに職務質問だろ。得だよなあ、イケメンは」

憎々しげにそう言って、ふと倫子の顔に目を留める。

「どうしたんだよ。お前もあいつに何か伝えたいことがあるんだろ。早く行けって」

「……」

倫子は情けない上目づかいで佑介を見た。

「びっくりしすぎて、足が動かない」

「……」

佑介はぶほっと噴き出した。

「何だよ、まったく。世話が焼けるなあ」

笑いながら倫子の背後に回り、背中に手のひらを置いた。

「もう逃げんなよ。これからは自分の力で乗り越えるんだろ」

ポン、と叩かれると、自然と足が前に出た。一歩、また一歩。前進するにつれ、心も一緒に前へと押し出されていく。徐々に歩調が速まって、急ぎ足になって、――校門が見えたところで、倫子は勢いよく駆け出した。

身体が軽い。まとわりついていたものがどんどん剝がれ落ち、後方に飛ばされていくような気がした。この感じを知っている。そうだ、幅跳びの助走だ。今なら誰よりも遠くへ跳べる。踏み切りのラインを越えて、ずっとずっと遠くまで。

校門がぐんぐん近づいてくる。息が苦しい。けれど、もうすぐ会える。ここを走り切れば、彼はきっとそこに立っている――。

門柱に飛びつき、そのまま寄りかかるようにして息を整えた。眼の前に星がチカチカと瞬《またた》いている。鈍く痛む横っ腹を押さえながら、倫子はゆっくりと顔を上げた。

「……稜、ちゃん……」

「――うん」

目の前に立っていたのは、間違いなく鮎川稜だった。いつもと変わらない、穏やかな表情で倫子の顔を見つめている。本物を前にした瞬間、倫子が頭の中で無理やり創《つく》り上げようとした〝ワルモノ〟の稜は、脆《もろ》い砂像《さぞう》のように崩れてあっさり消えてしまった。

「よかった。やっとつかまえたよ」

そう言って、ダッフルコートのポケットから出した手をこちらに伸ばす。倫子の顔の正面にかかった毛束《けたば》をそっと後ろに流してから、困ったように微笑んだ。

「なんかごめん、急がせて。大丈夫?」

「……うん……大丈夫だよ、若いから……」

荒い呼吸を鎮《しず》めようと、深呼吸する。風で浮き上がった前髪を撫でつけながら、倫子は稜の顔を盗み見た。バチッと目が合い、慌ててそっぽを向く。

「あの……今日、お仕事は?」

「定休日だよ」

「あ、そっか。忘れてた」

てへ、と照れ笑いをすると、稜も一緒に笑った。

「えっと……おひさしぶりです」

「久しぶりじゃないよ。ここんとこ毎日会ってるだろ、店で」

「あ」

「ただし、一度も目を合わせてもらってないけどね」

わざと非難めいた流し目をこちらに送り、

「参ったよ。話しかけたくても仕事中は厨房を出られないし、仕事が終わってから声をかけようと思っても閉店前にさっさと帰っちゃうしさ。倫子ちゃんのこと気にしてそわそわしてたら、集中しろって店長に怒られるし」

「え……怒られたの？」

「怒られたよ。肘《ひじ》で脇をぐりってされた」

「それは……ごめん……」

しゅんとして謝ると、稜は「あ、うそうそ」と慌てて両手を広げてみせた。

「店長とは仲良しだから、ちょっとじゃれてただけ。女子高生の知り合いがいるなんてズルいってイチャモンつけられたんだよ。まあ、自慢した俺が悪いんだけど」

そこでふと真面目な顔になって、

「でも、ちゃんとわかってたよ。倫子ちゃんが、何か俺に言いたいことがあるんだって。——だから、来た」

「……」

校門から出て来た数人の女子生徒たちが、すぐ横を通り過ぎていく。ちらりと向けられた好奇の目が、稜と一緒にいる今だけは少し嬉《うれ》しい。

「で、倫子ちゃん。今日は時間、大丈夫？」

「えっ」

「部活は休みだって、さっきのミトザキくんが言ってたけど。何か別の用事ある？」

「な、ない。全然、何もない」

「じゃ、行こう。ここにいると俺、怪しまれそうだし」

「行くって、どこに？」

「スヴニールだよ。厨房、今日は貸し切りにしといたから」

「え」

倫子の驚く顔を見て、稜は白い歯を見せた。先に立って歩き出し、くるりとこちらに向き直る。

「おいで。約束しただろ。今年のバレンタインデーはチョコの作り方教えるって」

厨房に、オーブンでクルミを焼く香ばしい匂いが広がっていく。

倫子は弱火にかけたアルミ鍋《なべ》を真剣な表情で覗き込んでいた。鍋の底では、透き通った砂糖水がふつふつと煮立っている。

　稜が言っていたとおり、最初は大きかった泡が少しずつ細かく変わっていくのがわかる。焦がさないよう、注意深く木ベラでかき混ぜながらふと顔を上げると、隣に立つ稜と目が合った。

「その調子。クルミもそろそろオッケーかな。出してくるね」

　にっこり笑うと、彼の両頬にはキュッとえくぼができる。可愛い、といつも思うけれど、それを本人に伝えたことはない。

「クルミは焼かずにそのまま使ってもいいんだけど、今回はカリッとした食感に仕上げようと思って。余熱してから五分くらい焼いてね」

　鍋つかみを装着しながら稜が説明する。彼の言葉をひとつも聞き漏らさないよう、倫子は丁寧にメモを取った。

　オーブンから取り出したクルミはほんのりきつね色になっていた。熱した砂糖水に投入して手早くヘラで転がすと、表面に白い結晶がまとわりつく。

「うん、いい感じ。あとはきれいな飴《あめ》色になるまで転がしてあげて。焦げないように、時々こうやって鍋を持ち上げて火から遠ざけるといいよ」

　慌てて手帳に手を伸ばそうとすると、「そこはメモらなくていいんじゃない」と笑われてしまった。

厨房を隔《へだ》てる分厚いガラス壁の向こうには、無人のカフェスペースが広がっている。

ずっと奥に、昨日まで倫子が座っていた窓際の席が見えた。新鮮な眺めだ。まさか、自分がこうしてこちら側に立つことになるとは思わなかった。

「よし、これはバットの上に広げて冷ましておいて、あとでさっき作ったペーストに混ぜ合わせてフィリングにするからね。で、次はいよいよチョコのテンパリング」

「テンパリング……難しいんでしょ？」

「ポイントを押さえれば大丈夫。ボウルとヘラがあれば家でも簡単にできる方法を教えるから」

まずは、と袋からチョコレートを取り出し、二人で向かい合って仲良く刻み始める。

たった今スーパーで買ってきた安い割れチョコだが、コックコートを着た稜が扱っていると、まるで高級なクーベルチュールのように見えた。

「倫子ちゃん」

「ん？」

サクサクと耳に心地いい音を立てながら、稜が言った。

「朱莉は元気にしてる？」

ずっと懐《ふところ》に温めていた言葉を取り出し、そっとテーブルの上に置いたような、控えめな問いかけだった。

どう答えたらいいか一瞬考えたけれど、そのまま伝えるのがいい、と思った。

「うん、元気。——な、フリしてる。けど、すごく寂しそうだよ」

「……」

稜は小さな声で、そっか、と言った。

「色々聞いた？　朱莉から」

「……うん」

「ベルギー行きのことも？」

「——」

こくり、と機械的に頷く。

稜の口からベルギーというキーワードが出てきたことに、今さらながらショックを受けた。朱莉の話を頭では理解していても、心のどこかでは受け入れていなかったのかもしれない。

自然と手が止まり、作業を続ける稜の顔を見つめる。

——稜がいなくなってしまう。

この店から。この街から。この国から。

一緒にチョコを作るのも、これが最初で最後だ。

きっともう二度と、会えない——。

「……チョコが、塩辛くなっちゃうよ」

稜は向かいから手を伸ばし、畳んだナプキンを倫子の目元にそっと当てた。糊《のり》のきいた真っ白な布が、涙をすうっと吸い込む。

「これ、俺のせい？」

こちらを覗き込む稜のまなざしはとても優しくて、それが余計に倫子の涙腺を緩ませた。

「ごめん、なさい……」

泣き出すのを必死でこらえながら、倫子は言った。

「夢が叶って、おめでとうって……言いたいのに。寂しいって思って、ごめんなさい……」

「……」

稜は柔らかく微笑んで、倫子の頭の上に手を置いた。

「ありがとう」

くしゃっと頭を撫でられると、胸が熱くなり、痛いほどきつく締め付けられた。

ああ、——。今、わかった。

この気持ちはやっぱり、恋だったんだ。

甘さも切なさも、あたたかさも苦しさも、抱きしめてほしいと願うこの気持ちも、……今、胸の中を巡《めぐ》るこの感情のすべてが、きっと恋だ。

遠く離れてしまう前に、こうして気付けてよかった。

これで、初めての恋をきちんと終わらせることができる――。

抑えようと限界まで頑張ったけれど、とうとうこらえ切れず、倫子は声を上げて泣き出した。

チョコを湯煎《ゆせん》するためのお湯を温めるのに、数分間。

適温まで冷ますのに、さらに数分。

倫子が泣き止むまでに、それより少しだけ、長い時間が必要だった。


「――うん、いいんじゃないかな」

チョコを最後の型に流し入れ、倫子はホッと息を吐いた。

稜が仕上がりをチェックし、うん、と頷く。

「あとは固まるのを待つだけ。このまま置いておくから、明日にでも取りに来る？」

「うん。部活の帰りに寄る」

「ＯＫ。預かっとくね。――これ、余ったけど食べる？」

「食べる」

先ほどのクルミを残ったチョコにからめ、口に入れる。歯を立てるとカリッと音がして、甘さと香ばしさと、クルミのほのかな苦みが口の中に広がった。

「おいしい？」

「うん。……恋の味、って感じ？」

倫子が冗談めかして言うと、稜も一粒口に入れ、もぐもぐしてから「だね」と笑った。

外に出ると、駅前の通りは夕焼け色に包まれていた。西の空が、いつになく真っ赤に燃え上がって見える。

「けっこう遅くなっちゃったな。家まで送るよ。俺、自転車あるから」

「え、いいよ、悪いから」

倫子は慌てて辞退した。二人乗りは憧れだが、姉の特等席に座るのは気が引ける。

「ねえ、稜ちゃん」

「ん？」

「もし大学に進学できたら、私、卒業旅行はベルギーにしようかな」

「お、いいね」

「……会いに行ってもいい？」

「もちろん。大歓迎だよ」

　稜は笑って、

「それまでに、一人前のショコラティエになっておかないとな。あと何年？」

「五年くらい？」

「二十八歳かあ、俺。よおし、がんばろ」

「がんばって。私も、それまでにベルギー語しゃべれるように勉強しとくね」

　張り切って言うと、稜が申し訳なさそうな顔をした。

「倫子ちゃん。残念なお知らせがあるんだけど」

「え、なに？」

「ベルギー語は、ない」

「えっ。そうなんだ」

　自信満々に言った分、今のはかなり恥ずかしい。倫子は咳払《せきばら》いをして、

「そ、それじゃ、何語を覚えればいい？」

「うん、これがまたややこしくてね。ベルギーって、地域によって使われてる言語が違う

んだよ。俺が行くところは基本フランス語なんだけど、割と近くにオランダ語の地域もあって」

「……へえ……」

「問題は接客なんだよね。フランス語と英語はなんとかなると思うけど、オランダ語は勉強したことがないから、一から覚えるのはけっこう大変かも」

倫子は稜の言葉をうわの空で聞いていた。

——オランダ語……？

何だろう。何かが引っかかっている。

オランダ語。あまりなじみのないこの言葉を、つい最近もどこかで見たような……。

「——あっ」

思わず叫ぶと、稜がびくっと肩を揺らした。

「びっくりした。なに、どうしたの」

ジリジリと首を巡らせ、稜の顔を見る。

——そうか。

あれは、そういうことだったんだ。

気持ちが昂《たかぶ》り、鼓動が速まる。

それなら、——。

「稜ちゃん」

「え、はい」

「やっぱり、送って」

「え」

倫子は稜の腕を摑み、ぐっと身を乗り出した。

「お願い。家まで送って。今すぐ」


夕暮れ時、川沿いの道はすべてがオレンジ色に輝いて見えた。

見慣れた景色が、空気の流れとともにゆっくりと後方へ押し流されていく。

「——何か、急ぎの用事でも思い出したの？」

ペダルをこぎながら、稜がこちらに半分だけ顔を向け、訊いた。

「うん、そう。すごく大事なこと」

ぐるぐる巻きにしたマフラーの口元が、自分の息でしっとりと湿っている。乾いた風がスカートをはためかせ、チクチクと太ももを刺した。

「ねえ、稜ちゃん」

「んー？」

「お姉ちゃんを、連れていかないの？」

「……」

少し間を置いて、稜は「そうだね」と呟いた。

「それは、真っ先に考えたよ」

倫子は稜の後頭部を見上げた。柔らかそうな髪が、風にふわふわとなびいている。

「本当は、強引にでも連れていきたい。ベルギー行きも朱莉のことも、どっちも手放したくない。朱莉には、知り合いもいない国で寂しくて不便な生活をさせることになるだろうけど、そんなの知るか、いいから俺の側にいろって。お父さんに反対されたら駆け落ちでも何でもすればいい。全部捨てて俺について来い、って……そう言えたら簡単だろうと思う。……けど」

「けど？」

「それは、ただの……俺のわがままだからね」

びゅう、と強い向かい風が吹き抜ける。

「俺にとって、チョコレートが夢であるように、朱莉やお父さんにとっては『とう乃』が夢だから。それを取り上げて、お父さんと倫子ちゃんから朱莉を引き離して、みんなに悲しい思いをさせて自分の気持ちだけ押し通すことは、俺にはやっぱり、できない」

稜の言葉が、風に乗って後方へと飛ばされ、流されていく。

それをぼんやりと見送りながら、倫子は家族三人で囲む食卓の光景を思い浮かべていた。

父が笑っていて、姉が静かに微笑んでいる。テーブルには朱莉が作ったおかずと、倫子がむいた不格好なリンゴが並んでいる。落花生を象《かたど》った古い箸置きは少し欠けているけれど、それが母のお気に入りだったことを知っているから、みんな何も言わずに使い続けている。

大切な、何気ない日常。これからもずっと続くと思っていた当たり前のものが失われてしまうことは、確かに悲しい。

でも、――。

「稜ちゃんが知らないこと、ひとつだけ教えてあげる」

倫子は稜のコートの裾《すそ》をぎゅっと握った。

「お姉ちゃんね。――こっそりオランダ語の勉強してたよ」

キイイ、と急ブレーキがかかり、倫子は稜の背中におでこをぶつけた。

「――ゴメン」

「大丈夫」

稜はゆっくりと首を巡らせ、驚いた表情でこちらを見下ろした。

「昨日、居間で見たの。『オランダ語入門』っていうタイトルの、ものすごく分厚い本。付箋がいっぱい貼ってあったから、毎晩遅くまで勉強してるんじゃないかな」

「……」

「お姉ちゃんは待ってるんだよ。稜ちゃんから、一緒にベルギーに行こうって言ってもらえるのを。いつ言われてもいいよう、あらかじめ準備しておくところはいかにもお姉ちゃんらしいけど……」

倫子は頬を緩ませた。

「お姉ちゃんは、知らない国でもたくましく生きていける人だと思う。けど、好きな人に日本に置いていかれて平気でいられるほど、強くないんだよ」

稜は口を開きかけ、結局、何も言わずに前を向いた。ふたたびペダルをこぎ出したけれど、その背中が大きく動揺しているのがわかる。

「こっちのことはさ、心配しないでよ。『とう乃』なら大丈夫。頼りになる古い従業員さんたちもいるし、後には私だって控えてるんだから。お父さんも最初は寂しがると思うけど、ぜったい応援してくれるよ。二人が別れたこと、相当ショックだったみたいだし。大好きだからね、あの人。稜ちゃんのこと」

自転車が、のろのろと進んでいく。葛藤する稜の耳たぶの裏側を、倫子は祈るような気持ちで見つめた。そして、――。

「――朱莉は今、お店？」

随分と長い沈黙のあと、稜が言った。

「今日はたぶん、厨房の方にいると思う」

ガチャ、ガチャ、とギヤを切り替える音がした。

「倫子ちゃん」

「ん？」

「腰に手、回していいから。振り落とされないようにしっかり掴まって」

言われたとおり両腕を腰に回した直後、稜が足にぐんと力を込めるのがわかった。徐々にスピードが上がっていく。

身体を寄せると、稜の匂いがした。優しい陽だまりのような、甘いチョコレートのような。どこか懐かしい、切ない匂いだ。

倫子は目の前の背中に寄り添い、頭をもたれた。温かくて広い、大好きな背中。

――この人の想いが、姉に届きますように。

――稜と姉の未来が、ずっとずっと先まで続きますように。

目を閉じると、物干し場から何度も見送った、二人乗りの後ろ姿が思い浮かんだ。

家の前に着いて自転車を停《と》めると、稜はスタンドを立てるのもそこそこに「倫子ちゃん、ありがとう！」とだけ言って店に飛び込んでいった。

じんじんと痛むお尻をさすりながら『とう乃』の裏手に回ってみると、――引き戸のガラス越しに二人の姿が見えた。

泣きじゃくる朱莉の身体を、稜が後ろからしっかりと抱きしめている。

暗がりの中、厨房にだけ煌々《こうこう》と灯りがついていて、ガラスを隔てた向こう側の光景は、くっきりと切り取られた美しい絵画のように見えた。

――ただ――。

改めて、倫子は後悔していた。よりによってこんな時に、と頭を抱える。

――やっぱり、ネタに走るべきじゃなかった……。

美しい二人が抱き合う、完璧なクライマックスシーン。

そんな肝心な場面なのに、姉の胸元には『ラーメン』という文字が誇らしげに躍っていた。

校外をランニングする野球部のかけ声を聞きながら、倫子はのろのろと陸上部の部室に向かっていた。

足取りも、気持ちも、ため息も、練習着が入ったエナメルバッグも、もう何もかもが重い。重すぎて地面にめり込みそうだ。

自業自得とわかってはいるが、無断欠席明けの部活ほど敷居が高いものはないと思う。

「おーい、生きてるかー？」

後ろから追いついてきた佑介が、ニヤニヤ笑いながら隣に並ぶ。

「サボってた分、少しずつ取り返してけよ。まずは地獄《じごく》の筋トレからだな。俺がメニュー考えてやろうか？」

「けっこうです」

プイ、とそっぽを向くと、佑介はハハッと声を上げて笑った。

「まあ今日はさ、部活終わったらたこ焼きおごってやるから。全力でがんばれよ」

「いきなり全力は無理。でもたこ焼きは食べる」

そこでふと思いついて、

「その前に『スヴニール』に寄ってもいい？」

「別にいいけど」

「昨日作ったチョコ、出来上がってるはずだから。三戸崎にもあげるよ」

「マジで？」

「今回は、何だかんだ言って色々お世話になったし。来週はバレンタインデーだしね。どうせ誰にももらえないんでしょ？」

「うるせー、俺は本命チョコしか受け取らない主義なんだよ」

「あ、そうなの？　じゃ、いらない？」

「特別にもらってやる」

佑介は真顔でぐっと親指を立てた。チョコがよほど好きなのか、その顔は嬉しそうに上気している。

「で？　どうなったんだよ、あのイケメンとは。話したんだろ？」

「……うん」

倫子はフフッと笑って、

「結婚することになった」

「え。お前と？」

「違うよ、お姉ちゃんと。昨日、急きょ家族会議を開いてね。そういう話になったの。私が高校を卒業するまで待ってから、お姉ちゃんもベルギーに行くってことで」

「へえ、ベルギーねー。なんか話がでけえな。つーかそれ、親父さんは納得したのかよ」

「がんばって器の大きい父を演じきったよ。たぶん、心で泣いてたと思うけど」

「だろうな」

「でも、今後は私がお姉ちゃんの分もがんばるつもりだから」

「継ぐのか、和菓子屋」

「うーん、ゆくゆくはそうなるかなあ。お父さんにはお婿《むこ》さんに来てくれる人を探せとか無茶なこと言われたけど、まあそんな先のことはわかんないし。取り急ぎ、私に必要なのはラッピングの練習かな」

　空を仰ぐと、薄水色の空に飛行機雲が浮かんでいた。

　ベルギーという国は、ここからどれだけ遠くにあるのだろう。ネットで見た煉瓦色《れんがいろ》の街並みに、大学生になった自分の姿を合成して思い浮かべてみる。その姿は少し大人びていて、今よりも母に似ている気がした。

　ふと見ると、佑介が難しい顔で考え込んでいた。「まずは第一関門を突破しないと……」

「こういうのは早いもん勝ちなんじゃ……」などとブツブツ言っている。

「俺、今度行こうかな。お前んち」

「え？　来る？　いいけど。水曜日以外ならお父さんいないから、いつでもいいよ。でも、あんまり大人数だと入り切れないかも。せまいし」

「いや、親父さんがいる時に俺一人で行く」

「なんでよ。なにその状況。意味わかんない」

「うるせー、俺はチョコより和菓子の方が好きなんだよ。手先も器用だし、打たれ強いから厳しい修業だって乗り越える自信があるしな」

「……何の話してんの？」

倫子が眉根《まゆね》を寄せて訝《いぶか》しむと、佑介は「こっちの話」と顔をそらした。

「あっ、ほら。もうアップ始まってんぞ。急げよ」

グラウンドを指差し、佑介が走り出す。なぜかその両耳は、夕焼けのように赤く染まって見えた。

かぐや姫の
チョコレート

今野緒雪

the SECRET CHOCOLATE
is SWEET and
BITTER...DELICIOUS!

written by Oyuki Konno

いまはむかし。

某都立高校の体育館裏に、向かい合う二つの人影ありけり。

太陽暦二月十四日、となれば、言わずと知れたバレンタインデーにて。そは小っ恥ずかしくなるくらいベタなシチュエーションでありながら、しばらく様子を見てみむ。


片や、セミロングまではいかないものの、猫っ毛の明るい髪を多少長めに伸ばした少年。背丈は彼の歳《とし》の平均身長よりやや高いくらい。トップこそ制服の紺のブレザーを着てはいるが、中の白シャツは学校指定の物ではなく、襟《えり》元にはチェックのラインが入っている。ネクタイは第二ボタンが見えるくらいまで緩め、ボトムに至ってはクタクタのジーンズだ。

こなた、向かい合うは中背で細身、肌は色白、さらさらの長い髪を二本の三つ編みにまとめた少女。二年十カ月と数日前に袖《そで》を通して以来少しの改造も施《ほどこ》していない、買ったままの制服をきっちり身につけている。まるで、入学案内のパンフレットに写っているモデルの生徒のように正しい着こなし。しかし残念なことに、パンフレットのモデルになるために必要なものが彼女には欠けていた。それは、はつらつとした明るさだ。恋する乙女のはずなのに、恋する彼を前にしてうつむき、青白い顔で黙ったまま立ち尽くしている。

五分もそうしていただろうか、しびれを切らした少年がついに口を開いた。

「で、何よ」

その声に少女はびくっと肩を一回上下させて、ほんの少し顔を上げた。彼の表情をうかがえる程度に。

「こんな場所に呼び出してさ」

と、少年は冷ややかに言葉を重ねた。

「……えっ」

バレンタインデーに女の子から呼び出されて、察せないわけがない。が、察したところでただ無言で手の平を上向きに突き出せるものでもないだろう。それが許されるのは、すでにつき合っている男女の仲でのみだ。彼らは違った。

「お前だって、本命大学の試験これからなんだろ。さっさと家帰って問題集の一ページでも――」

「あ、あのね」

少女は、唯一手にしていたピンク色の小さな手提げ袋に手を突っ込んだ。焦っているからか、寒さで手がかじかんでいるからか、なかなか目的の物を取り出せない。今は必要ないスマホの頭が、弄《まさぐ》る手の動きに合わせて出たり入ったりした。

「今日は、バレンタインデーなの」

「……」

「あ、もちろん知ってるよね。有田《ありた》君は、今日はたぶん、もうたくさんチョコレートもらってきただろうし」

すると、カサカサと厚手の綿布《めんぷ》の擦れる音に被せて「有田君」がつぶやいた。

「もらってねーし」

「えっ⁉」

少女はらしからぬ声を上げた。せっかく取り出せた物を、あと少しで落としかけるほど動揺している。文庫本を三冊重ねたくらい、赤い包み紙に金色のリボンを花のように結んだ可愛《かわい》いラッピングの小箱だ。

「ど、どうして？」

取りあえず、それをがっちり抱え直して少女は尋ねる。

「バレンタインデーには手作りチョコが食べたいって言ってたじゃない。だからみんな——」

「みんな？」

有田君は片眉を上げて、不機嫌そうに聞き返した。

「みんな。っていうのは、……えっと佐田《さだ》さんとか、岸本《きしもと》さんとか、山根《やまね》さんとか、えりかさんのほうの田中《たなか》さんとか。みんなチョコは自分で作るって、張り切って……た……けど……？」

しゃべりながら少女は、目の前の少年の反応を確認していた。そして、半信半疑で小箱を差し出した。

「じゃ、私が最初？　でもって、もしかしてラストだったりしたりする？」

嬉《うれ》しそうな顔をしている。状況は把握《はあく》できていなくても、多くのライバルがすでに一掃されているのだ、悪い気がするわけはない。

「それ、手作り？」

有田君は、先の「最初」とか「ラスト」とかの質問には答えず、小箱を指さした。

「もちろん」

小箱は十センチほど前方に移動したが、それに伴って有田君の手が伸びたりはしない。

「どうやって作ったの」

「え？　お姉ちゃんからお菓子の本借りて」

「どうやって作ったの」

もう一度、一言一句違《たが》わずに同じ言葉が投げかけられた。そこでやっと、作った工程を聞かれているのだと気づいて、彼女は答えた。

「チョコレートを湯煎《ゆせん》で溶かして型に入れて固めたんだけど」

「チョコレートって？」

「製菓用のスイートチョコレートっていうのがあって――」

「それをスーパーとかで買ってきた？」

「そうよ」

うなずくのとほぼ同時に、有田君はニヤリと笑った。

「なら、それは手作りチョコじゃない」

「何言ってるの？」

頭からクエスチョンマークを飛ばす少女。

そりゃそうだ。自分が手作りチョコと思っている物を、真っ向から否定されたのだから。

納得できる回答を求めて然《しか》るべきだ。

「自分で作ったカカオ豆を使ってないなら、本当の意味で手作りチョコとは言えないだろ」

その答えを聞いて、少女は口を「えっ」という形に開けたまま、しばし固まった。

有田涼介の誤算

小西花帆《こにしかほ》は、口を「えっ」という形に開けたまま固まった。

アホ面《づら》。

いつもじゃないけど、俺と目が合った時はかなりの確率でブスだ。

ああ、でも。このアホ面のほうがなんぼかマシだ。普段の、うつむきがちでおどおどした表情よりか。あれ、無性に腹が立つ。俺が何した、つーの。日直のお前が回収していたプリントを、「ほい」って渡しただけだろう。隣のクラスの田上《たがみ》が教室の前で「花帆呼んで」って言ったから、忠実にお使いを履行《りこう》しただけだろう。それなのに、俺のことあんな怯《おび》えた目で見やがって。

これでも、小学生の時は今と比べればかなり活発だったんだよな、こいつも。俺と花帆の家はご近所と言うほど近くはないが、縦に長い町の南端と北端にあって。そのちょうど真ん中あたりに位置していた小学校に、二人とも通っていた。六年の間、同じ組になったりならなかったりしていたから、そんなに仲もよくはなかったけど、たまに目の端っこくらいに映っていたわけだ。三年生だか四年生だかの時、休み時間に、当時学年の女子たちで一時的に大流行した大縄飛びを、大笑いしながらぴょんぴょん跳んでいた姿が今でも記憶に残っている。

中学も同じ地区だから当然一緒で、けれど一度も同じクラスにならなくて、進学した高校の教室で再び見つけた時には、もう今のキャラができあがっていた。噂《うわさ》では、中二の時、口の悪い男子に白い肌の色をからかわれたらしい。「ぬりかべ」だったか「一反木綿《いったんもめん》」だったか「木綿豆腐」だったか。とにかく、それ以降近くに男子がいる時はあまり顔を上げなくなったようだ。その口の悪い男子は、別の高校に行ったというのに。

だから今日、帰りがけに花帆に「ちょっといいかな」って消え入りそうな声で呼び止められた時は「えーっ!?」となった。手には手提げ袋を持っていて、チョコレートの小箱が一つくらい入っていそうな膨らみがあったのだ。

今日はバレンタインデー。俺、っすか。俺、なんすか。いやいや、待て待て。ここは落ち着こう。もしかして、俺以外の誰かとの仲を取りもってくれないか、っていう依頼かもしれないじゃないか。罰ゲームで花帆が俺にチョコを渡すはめになって、のこのこついて行った先に見物人の女子の集団がニヤニヤ笑って待っている、なんて、地獄《じごく》のような状況だったりして、とかいろいろなパターンを想像する。だって、花帆が俺に告白するなんてこと、考えたこともなかったから。しかし、連れてこられた体育館裏には誰もいなかった。

そっか。花帆は俺のことが好きだったのか。――って考えたら愉快になった。

まあ、話を盛ったりせずとも、俺はモテる。二年生まではサッカー部でレギュラーだったし、学園祭ではミスターコンテストで準グランプリとったし、すっげー頭がいいわけじゃないけどクラスで五番目くらいの成績だし、しゃべりもまあまあイケる。何か一つ抜きんでていなくても、ほどほどいいセンいってるほうが女受けはいいのだ。その証拠に、今日はすでに七人の女子に告白された。これは想定内。八人目に花帆が来たのだけが予想外だった。

でも、ごめんね。俺はお前のこと、何とも思っていないんだ。だから、今日これまで「手作りチョコ」を差し出してきた女子たちにしたのと同じ対応でお断りするしかない。

「自分で作ったカカオ豆を使ってないなら、本当の意味で手作りチョコとは言えないだろ」

花帆は、まず「えっ」と言ったまま固まった。前の七人も、ほぼ全員同じリアクションだった。その後の反応は、それぞれ異なる。

『そういうこと。なるほど、わかりました』

涙を浮かべてうなずいた岸本《きしもと》さん。

『馬鹿《ばか》にして』

顔を真っ赤にして、捨て台詞《ぜりふ》を吐き捨てた佐田《さだ》ちゃん。

『受験勉強に充《あ》ててた一日を返せ』

ゲンコツを振り上げて、殴《なぐ》りかかってきた田中《たなか》えりか。すんでのところで避けたけど。

『それ、あまりスマートな断り方じゃないよ』

冷ややかに苦笑した山根《やまね》っち。

『いい気になるんじゃねーよ、てめーかぐや姫か』

そうです、ってうなずいたら平手打ちしてきたのは合田《ごうだ》だったか。避ける暇なんてないくらい瞬発。さすがはバドミントン部。あれは痛かったな。

そうだよ、俺はかぐや姫なんだよ。こんな俗世の代表みたいなごちゃついた都立高で、それも卒業間際の駆け込みで、彼女なんか作るわけねーだろ。俺は第一志望の大学行って、大学のミスコンに出るような、将来は女子アナ目指しているような女とつき合うんだ。もしくは、合コンしまくってお嬢様女子大の金持ち令嬢と仲よくなりーので逆玉に乗る。そんな俺が、お前らみたいな下々《しもじも》の物になるわけないだろ。だから絶対に持ってこられない「手作りチョコレート」を所望したんじゃないか。わかれよ、すぐに。

でも、まあ。いろいろ悶着《もんちゃく》はあったものの、どの子も最終的にはこちらの本意を理解してくれた。わかった、さようなら、って。

けれど、花帆だけは違った。あきらめが悪いのか理解力が乏《とぼ》しいのか、重ねて聞いてくる。

「もしこれが、有田君《ありたくん》のいう『手作りチョコレート』だったら受け取ってくれたの？」

「え」

「そういうことだよね」

「お、おう」

らしからぬ早口でまくし立てられて、ついうなずいてしまった。でも、そういうことにしておかないと、俺の理屈の正当性が保たれない。

カカオ豆から自分で作ったチョコレートではないから、受け取れない。

ならば、カカオ豆から自分で作ったチョコレートだったら受け取った、になるのだ。

「そっか。それは気づかなかった。有田君は、カカオ豆から手作りしたチョコレートが食べたいって言ってたのか」

よかった、わかってくれたのか。ホッと胸を撫《な》で下ろしてから改めて傍《かたわ》らを見れば、彼女はなぜか現在お取り込み中の模様。

「……あの」

「ちょっと待ってね」

いつの間に取り出したのか、さっき手提げ袋から頭を出し入れしていたスマホで何やら調べ物に没頭している。日が傾いて薄暗くなりかけた体育館裏で、スマホから発せられる光に照らされた色白の顔は、能面の小面《こおもて》みたいに不気味で、ほんの少しだけゾクッとするような色気があった。ちょっと待って、の「ちょっと」は一分くらいだっただろうか。やがて花帆は、スマホの画面から顔を上げて少女らしく無邪気に笑った。

「うっかりさんだな、有田君」

え、俺が何だって？　今、「うっかりさん」って聞こえたけれど。

「カカオ豆ができるまでどれくらいかかるか、考えもしないで手作りチョコとか言ったんでしょ」

パードン？　今、何ておっしゃいましたか。

「だからー、有田君が手作りチョコが欲しいって、言い出したの、たしか年明け、三学期の始めだったでしょ。そこから頑張ったって、できるわけないんだよ」

「ちょっ、それは」

本当にカカオ豆から作れ、なんて俺だって思ってなかったし。今だって、全然思ってないし。

「苗から育てて実がなるまで少なくとも三年はかかる、って言ってる。このサイトでは」

知るか。こいつ、俺の揚げ足を取っていたぶる気か。面倒くせーな、「うっかりさんでサーセン」って謝ってさっさと帰ろか、と思った時、

「わかった、待ってて」

彼女が言った。

「えっ」

何がわかって、何を待っててなのか。少なくとも、俺が花帆とつき合う気がないことをわかってくれたようには見えなかったし、この上スマホで検索する一分二分を更に待てと言っているとも思えなかった。

「作って持ってくる」

「はっ!?」

「有田君確かに、バレンタインデーに手作りチョコ欲しいとは言ってたけど、今年の、とは言ってなかったかも」

そんな細かいところまで、言った本人だって覚えてるわけない。でもさ、一月に「バレンタインデーに」と言ったなら、大概《たいがい》今年のバレンタインデーを指すのではないのか。

「苗から育てて三年――じゃ、早くても四年後だな。四年後の今日。二月十四日のこの時

間、ここで私は有田君に手作りチョコレートをプレゼントします」

何を言われたか、すぐには理解できなかった。大学入試の模擬試験より難しかった。

四年後？　バレンタインデー？　手作りチョコ？　何言ってるんだ、こいつ。冗談だとしても、あまりに高度すぎて俺には一つも笑えない。

「じゃね。こんな所までつき合わせて悪かったね。ありがとう」

その声に我に返ると、花帆はまさに小走りで校舎に向かって去っていくところだった。

「お、おいっ」

呼び止めようとしたが、呼び止めて何を言うのが正解なのかわからず、右手を伸ばしかけたまま立ちすくんだ。

俺の受け取らなかったチョコレートが、リズミカルに遠くなる。ピンク色の手提げ袋が、花帆の足取りに合わせて、バイバイと手を振るように揺れていた。


家に帰ってから、ベッドに入るまでの間、ずっと花帆のことを考えていた。

冗談きつい。

いや、本気だったりして。

カカオの原産国って、暑い地域だろう。まさか、アフリカとか東南アジアとかに渡って作るつもりじゃないだろうな。

——なわけないか。これから大学受験なんだから。

しかし、相手は花帆だ。根拠はないけれど、あいつならやりかねない。

どうしよう。

そうだ、明日学校に行って、平謝りして、とにかくあの一方的な四年後云々《うんぬん》の約束を取り下げてもらおう。

結局ベッドの中でも悶々《もんもん》としてしまい、明け方になってやっと結論づけて眠りについた。

しかし、翌日花帆は学校に来なかった。

「なんか花帆、風邪ひいたみたいでさー」

隣のクラスの田上が、休み時間にうちの教室に来て女子の誰かにしゃべっていた。

風邪か。確かに体育館裏は結構寒かったからな、と振り返る。あいつ、筋肉も脂肪《しぼう》もあまりなさそうだから、ウイルスの攻撃にすぐ白旗あげちゃいそうだ。

風邪なら二、三日で治るだろう。花帆が学校に出てくるまで、約束を取り消してもらうのはお預けになるが仕方ない。

去り際、田上が俺にチラリと視線を向けたが気づかないふりをした。

しかし、たとえインフルエンザに感染したとしても、もう登校してくるだろうというくらい過ぎても、花帆は学校に現れなかった。

その後については、花帆のことが気にならないではなかったが、自分の受験のことで精一杯で、そのことばかり考えてもいられなくなった。たまに学校に来て花帆の姿が見えなくても、「ああ、またすれ違いだ」くらいに思うだけだ。第一志望の大学に合格した俺は、受験の重圧から解放され、そのうち「さすがに卒業式には会えるだろう」と問題解決を先送りするようになっていった。

その卒業式の朝だ。うちのクラスにやって来た田上が、俺に真《ま》っ直《す》ぐ向かってくると無言で平手打ちをしたのは。

「あんたのせいだからね」

目に涙を浮かべているのは、「今日が卒業式だから」ではないことは明らかだった。

「あんたのせいで花帆の人生がくるったんだ」

そして知った。

花帆は、バレンタインデーの翌日から一度も学校に来ていないこと。

受ける予定だった大学、三つすべて、入試会場に現れなかったこと。

「そんな」

左頬《ほお》の痛みは、思った以上に事が深刻であると、初めて俺に気づかせた。

「花帆は」

「知るかっ。気安く『花帆』なんて呼ぶなっ！」

田上はヒステリックに叫んで、バタバタと教室を出ていった。クラスの中は目撃者たちのヒソヒソ声で充満していたけれど、その内容は俺と花帆のことには違いないだろうけれど、俺には一つとして意味のある言葉として届かない。テレビの砂嵐みたいに、それらはザーッという灰色の雑音でしかなかった。

だから俺は、ちゃんと出席したのに、高校の卒業式の記憶がない。

広い体育館の卒業生、在校生、教師、来賓《らいひん》、生徒の家族という大勢の人間の中でただ一人、会場に満ちあふれた「希望」とは対極にある「絶望」の表情でうつむき、パイプ椅子《いす》に座っていた。ずっとずっと、花帆にも負けない青白い顔をしていたはずだ。

式が終わったあと、俺はクラスの野郎どもの「一緒に写真を撮ろう」という誘いを断り、家に帰った。

違う。

自宅ではなく、少し離れた、同じ町にある花帆の家に向かったのだ。

会って、何て言えばいいかわからない。でも、このまま別れてしまっていいわけがない。

俺はそんなつもりはなかった。カカオを手作りしろ、なんて言った覚えもない。でも、結果的に俺がいい気になって言い放ったチョコレートを断る口実のせいで花帆が進路を曲げてしまったならば、誠心誠意謝るしかない。土下座したって、許されるものではないかもしれない。

会ってくれないかもしれない。

花帆の親にも責められるだろう、きっと。

悶々と考えているうちに、花帆の家の側《そば》まで来てしまった。場所は知っている。小学生の頃、男子数名で町を自転車で当てもなく走っていた時、誰かが女子の家探しをしようと言い出して、その時見つけたから。

確かこの角を曲がって——、と歩いていくと、果たして、あの時と変わらない町並みが現れた。大通りから外れた住宅街だから、七〜八年くらいじゃ大きく変化はしないのだろう。

動悸《どうき》がした。

引き返したかった。

でも、逃げれば更なる地獄が待っている。俺は、知らんぷりしてこのことを忘れて楽しく生きられるほど心臓が強くない。こう見えて、本当は小心者なのだ。

意を決して、インターホンの前に立つ。その時気づいた。

表札の文字が『小西』ではない。

「えっ!?」

思わず声が出た。

ここだと確信していた家が、よその家だったとは。

もう一度見る。花模様のついたちょっとファンシーな表札の中に横書きに書かれているのは、『小山』という二つの漢字。一瞬合っているようにも見えてしまうが、「小山」は「小西」ではない。その証拠に、表札の下のほうにローマ字で『OYAMA』とあった。

「セーフ」

インターホンを鳴らす前でよかった。

(ん?)

よかった、のか。本当に。

ここじゃなければ、花帆の家はどこなのだ。第二候補の家なんて、俺にはなかった。

それでも、よく似た路地が近くにあるかもしれない、と少し歩いてみる。小学生の時の記憶だ。ちょっとした思い違いもあるだろう。しかし、それっぽい家はどこにも見つからなかった。もう一度最初の家の前まで戻ってみると、ご近所の奥さんらしき中年女性が「何してるの」と声をかけてきた。もしかしたら、俺がうろうろする姿をいつからか観察していたのだろうか。

「あ、あの。小西さんのお宅がこの辺りにあったと思うんですが」

怪しい者ではありません、ということを言いたかっただけなのだが、その人は「ああ」と言ってから、俺が欲しかった答えをくれた。

「小西さんね、引っ越されたわよ」

「引っ越した？」

「そうね、一週間くらい前かしら。旦那《だんな》さんの転勤で。北海道、遠いわよね」

「北海道!?」

「む、娘さんは——」

何じゃ、そりゃ。

「娘さん？　ああ、お姉ちゃんは去年結婚したから残っているわよ。花帆ちゃんもこっちの大学に行くんでしょう？」

いや、行かないっす。

「女の子なんだし、大学の寮に入るとかじゃないの」

だめだ。この小母《おば》さん、事情通に見えて、最新情報についてはまったく仕入れていない。

俺は「どうも」と頭を下げて、足早にその場を去った。元来た道を南に向かってどんどん歩く。曲がり角を折れて、自分の姿が花帆の元住んでいた家から見えなくなってやっと、少しだけスピードを緩めてとぼとぼと歩いた。何だろう、ポケットのスマホすら重く感じるほどぐったりと疲れていた。――スマホ。

そこで俺は、「そうだ」とひらめいた。

直接二人だけでやりとりする仲ではなかったけれど、俺と花帆は同じクラスだからクラスラインでつながっていたのだ。そうだ。花帆が引っ越したとしても、まだ連絡のとりようはある。

俺は、俺たちの通っていた小学校のフェンスに寄りかかってスマホを出した。放課後の校庭では、十人ほどの児童たちが追いかけっこをしている。時折あがる奇声をＢＧＭに、かじかむ手で画面をタッチした。

しかし、花帆はすでにそこにはいなかった。

「てめー、勝手に退会してんじゃねーよ！」

あまりの仕打ちに、俺は思わずスマホに向かって怒鳴った。

卒業してすぐに抜けるなんて、ちょっと早いんじゃねーの？　どうするんだよ、このライン、クラス会の連絡網とかで、まだ使うんじゃねーの？　恨み節のぶつけどころがなくて、落ちていた小石を蹴る。

「何だ、こいつ」

笑うしかなかった。まるで、俺は鬼ごっこの鬼みたいじゃないか。鬼ごっこなんて、始めたつもりもないのに。

そっちがその気なら、つかまえてやる。俺はラインを使って、クラスメイトに呼びかけた。『小西花帆の連絡先を知っていたら教えてくれないか』――と。

みっともないが構わない。無様な姿は、もう今朝の教室でさらし済みだ。

応《こた》えてくれたメッセージの大半は『知らない』と『本人に断りなく教えられない』で占められていたが、一件だけ『有田君知ってるはずだよ？』という返事をくれた女子がいた。

知ってる？　俺が？

まさかそんな、と半信半疑でスマホの電話帳を開ける。すると、カ行の欄に「花帆」ではなく苗字の「小西」が、「小池《こいけ》」や「小杉《こすぎ》」や「小谷《こたに》」や「小森《こもり》」に埋もれるようにひっそりと存在していた。

「……本当だった」

花帆の電話番号とメルアド。そんなもの、俺はいったいいつ手に入れたんだろう。タ行の欄に、やはり記憶にない「田上」の名前もあったけれど、そんなことはどうだっていい。とにかく俺は、花帆の背中にもうすぐ手が届くのだ。

だが、それはぬか喜びだった。見つけた番号では、電話もメールもつながらない。花帆はスマホ自体を解約したようだった。

春休みに、恥を忍んで田上に会いにいった。卒業式から数日経《た》って、田上も落ち着いたのか、ずいぶん穏やかな表情になっていた。親友の田上でさえ、花帆とは連絡のとりようがない、という話だった。今どこで何をしているか、それも知らないと答えた。

「あんたもかわいそうなヤツだね」

同情するような目で俺を見たあと、「四年したら決着つくんでしょ」とつぶやいた。

俺は、花帆のことは一旦《いったん》棚上げすることに決めた。

考えて考えて、考えても仕方ないということがわかったから、悩むのをやめたのだ。というか、そうするより他に何ができただろう。

俺は第一志望の大学に進学し、予定通りいろいろなサークルに籍を置いて、合コンもやって、何人かの女の子ともつき合った。

「あれ、有田君甘い物嫌い？」

テニスサークルの女子が、顔をのぞき込んで尋ねてきた。彼女の手には、旅行土産《みやげ》というちょっと良さげなチョコレートの箱が載っかっていて、蓋《ふた》を開けた状態で「お好きなのどうぞ」と差し出されていたのだった。休憩の合間に甘い物はいかが、的なやつだ。なかなか手を出さない俺は、どれもおいしそうだから迷っているようにはとても見えない表情だったのだろう。だから「嫌い？」と聞いてきたのだ。

「甘い物は好きだけど、チョコレートだけはあんまり」

「ふうん珍しいね」

宝石みたいにチョコレートが詰まった箱は、そのまま別の男のもとに運ばれていった。

「昔から？」

ベンチで隣に座っていた他大学の女子が、もらったばかりのチョコレートの銀紙をむきながら聞いてきた。

「ちっちゃい頃は食ってたな」

「好みが変わったの？　それとも、何かきっかけとかあって？」

「高校の時、バレンタインデーにチョコ大量にもらっちゃってさ、食いすぎて飽きちゃったんだ」

　俺は舌を出しておどけた。

「またー。嘘《うそ》ばっか」

　詮索《せんさく》好きのその子も、周りで耳にした仲間たちも、ここは笑うところだと判断して、遠慮なく笑った。

「本当だって。俺が高校時代にモテたの知らないな」

　わざと真顔で言えば、ますます皆腹を抱えて喜んだ。俺のチョコレートエピソードがカラッカラに乾いた空気にさらされ、消えてなくなるのを見届けてから、俺は呼ばれるままにコートに入ってボールを打った。

　もらいすぎて、食いすぎて飽きたのは嘘だけど、あの日以来チョコレートを食べたくなくなったのは本当だった。

　チョコレートを見ると、花帆を思い出す。そういうことだ。


「別れてくれる？」

　美奈恵《みなえ》ちゃんが言った。

「どうして」

あまりに唐突すぎる。大学三年生の秋、彼女の家に泊まった翌朝、遅い朝ご飯を食べていた時だった。

美奈恵ちゃんは合コンで知り合った女の子で、もうつき合って三カ月になる。ふつーに顔が可愛《かわい》くて、ふつーに気配りもできて、ふつーに料理もできるいい子だ。

今朝だって、こんがりバタートーストと、カリカリに焼いたベーコンと絶妙な半熟具合の目玉焼き、インスタントだけどオニオンコンソメスープが食卓に並んでいる。

「どうして別れたいの？」

俺は、一旦箸《はし》を置いた。理由を聞きたかった。今までの恋は、いつもフラれて終わった。けれどどの子も明快な理由を教えてくれなかった。どこが悪かったのか教えてほしいと詰め寄ると、「何となく」と返ってきたことがある。他に好きな男ができたわけではない。彼女らが耐えられないほどの悪癖とか欠点とかが、俺にあるわけでもない。ただ何となく別れたい、と。フッた本人にもわからない、俺のだめなところがあるようだった。

でも美奈恵ちゃんはフラれる俺のために、懸命に分析してくれた。

「涼《りょう》ちゃん、私以外に彼女いるでしょ」

「いないよ」

「嘘」

「本当にいないって」

これまで彼女は何人かいたけれど、二股《ふたまた》かけたことは一度もない。いつも女の子側から俺にアプローチしてきて、二カ月とか三カ月とかつき合うと、また決まって女の子側から別れを切り出してくる。そしてちゃんと別れたあとで、また別の女の子が俺に「つき合わない？」と声をかけてくる。その繰り返し。

俺は、つき合っている間は誠実だったと思う。ミスコンとか金持ちとか、そんな条件をつけて選《え》り好みもしなかったし、女の子は大切にした。でも、やはりいつもフラれて終わる。

「彼女がいなくても、好きな人はいるでしょ？」

「え？」

「何て言ったらいいかな、涼ちゃんには、故郷に涼ちゃんの帰りを待ってる女の人がいる、みたいな気分になるの、時々ね」

「故郷、って。俺、東京の人だし」

「だから、喩《たと》えだってば」

小さく可愛く笑ってから、美奈恵ちゃんは真顔で言った。

「彼女がいてもいなくても、そんな風に感じさせる人とつき合うの、しんどいよ」

それで俺は、「わかった」とうなずいて冷めた目玉焼きを口に入れた。わかった。もう、明日からは美奈恵ちゃんの手料理を食べられないんだ、ということが。


そこから先は、恋人を作らずにいる。

歴代の彼女が皆同じように感じていたのかはわからないけれど、美奈恵ちゃんの言葉だけでも十分歯止めになった。

フラれた理由がわかったところで、こっちには対処のしようがないのだ。二股かけていたなら「故郷で待っている女」と別れる道もあるだろうが、そんなものいないのだし。

俺は就職活動を理由に、サークルを辞め、合コンの誘いも一切断った。伯父《おじ》のコネで、そこそこの商社に早々に内定をもらい、卒論を提出してしまうと、特にやることもなくなって、暇だし、インターネットでカカオ豆のことを調べたりした。そう。棚上げにした荷物を、久々に下ろしてみたのだ。

カカオの木が育つのは南北緯二十度以内の地域で、カカオベルトと呼ばれている。

日本の最南端は、東京都の沖ノ鳥島《おきのとりしま》で北緯二十度二十五分。二十五分くらいのオーバーなら、カカオは育つだろうか。しかし、よくよく調べてみたら沖ノ鳥島は今のところ無人島だ。

一応最北端も調べてみた。北海道の択捉島《えとろふ》の北緯四十五度三十三分。もし花帆が今北海道で暮らしているとしたら、カカオ栽培をあきらめたと考えていい。

いや、だから北海道にはいないのだ。

花帆はどこかわからないけれど、カカオが育つくらい暑い場所にいる。そしてあの日から数えて四年目の二月十四日、今度こそ本当の「手作りチョコレート」を持って、俺の前に現れるのだ。

約束の日の二日前、二月十二日の夜、花帆からメールが届いた。見知らぬアドレスからだったけれど、直感で花帆だとわかった。俺のほうは、スマホの機種変はしても、アドレスや電話番号を変えていなかった。花帆は、学校の敷地内に入っていいかわからないから待ち合わせ場所を校門に変更しないか、と提案してきた。時間は午後四時。

俺は「了解」とだけ返信した。

もし連絡がなくても、俺は明後日の夕方、俺らの通っていた高校に行こうと思っていた。

いや、何があっても行かなければならなかった。

花帆がまだあの家に住んでいたなら、電車に乗って高校まで来ずとも、中間地点の小学校で待ち合わせることもできたのに、なんて考えながら、当日俺は家を出た。

予定よりだいぶ早く、三時過ぎには、高校の最寄り駅に着いてしまった。気が急《せ》いたのではない。交通のアクセスがよすぎただけだ。

遅刻して走るよりましだ、と、歩き出す。駅を北口に出て、すぐに現れた商店街のゲートはくぐらずに一本左の道を選んで進む。歯医者とか、設計事務所とか、覚えのある看板を眺めながらゆるゆる歩いていくと、五分ほどで高校の校門が見えてきた。

もちろん、まだ花帆の姿はなかった。校門を出入りする生徒たちの視線が気になったので、俺は校門から五メートルくらい離れた塀の前に立った。ここにいれば、やって来た花帆の姿が見えるだろう。

俺は自分を買いかぶっていた。

そう、俺は花帆に気づかなかったのだ。姿は見えていたのに、それが花帆だとはわからなかった。

三時四十分くらいだったろうか。校門に向かってサクサク歩いてきた少年が、少し手前から角度をずらして俺の目の前で止まった。

「有田君」

「……小西？」

名前を呼ばれて初めて、それが花帆だと知った。言い訳させてもらうと、彼女は会わなかった四年間で見た目がガラリと変わっていたのだ。

「久しぶり。ありがとう、来てくれて」

髪はショートカット、肌は小麦色に日焼けし、ジーパンに男物の黒いライダースジャケットを羽織っている。大ぶりのナイロン製の黒いリュックを左肩からさげて、真っ直ぐ俺の目を見てほほえんだ。

再会したらまず、四年前のことを、せっかく作ってくれた手作りチョコレートを屁理屈で拒絶したことを謝らなくてはならない。自分の不用意な言葉で人生をくるわせてしまったとしたら、いくら詫《わ》びても詫びたりないという気持ちでいた。だが、俺は謝罪の言葉を飲み込んだ。

それは、花帆は見違えるほど綺麗《きれい》だったからだ。

「これまで何していたんだ」

「うーん。日本の南のほうにいた。知り合いが果樹園やってて、そこに下宿しながら向こうの大学行ってて」

「大学、行ったんだ」

「そうよ。さすがに親も、高校卒業間際にカカオ豆作るなんてほざきだした娘を許すわけないもの。妥協《だきょう》案でどこでもいいから大学に行く、ってことで四年間自由にさせてもらえることになったの。今、両親北海道だから、東京だろうが地方だろうが目が届かないのは変わらないわけだし」

それを聞いて、俺は少しほっとした。花帆は、俺のせいで進学しなかったわけではなかった。

「で」

これからどうするのか。大学を卒業したら東京に戻ってくるのか、就職とか決まっているのか、聞きたいことは次から次へとあふれてくる。しかし、俺が言葉を発する前に、花帆は「あ、そうそう」と視線を自分のリュックへと落とした。

「肝心なこと、忘れてた」

言いながらリュックの口を開くと、中から小さい手提げのペーパーバッグを取り出し、俺に差し出した。

「え？」

この紙袋、どこかで見たことがある。いや、今日見た。何回か見た。駅の構内と、商店街の入り口と、道を歩いている時にも同じ袋を持った女性とすれ違った。

「――あの」

ここでチョコレートショップのロゴが書かれている袋を見せられた俺は、どう反応したらいいのだろう。

「ごめんね、がんばったけどカカオ豆は四年ではできなかった。やっぱりカカオベルトの壁は越えられなくて」

おいおい、待て。そんなこともなげに言ってくれちゃっていいのか。お前の四年間、俺の四年間。できなかった、って。マジで？　俺は最初は半信半疑だったけど、ここ半年は根拠はないけどできると確信してたんだぞ。

なのに。

「ということで義理チョコ、ならぬ、これはお詫びチョコ。駅前の商店街にできたお店で買ったの。きっとおいしいよ」

「……うん」

俺は、紙の手提げ袋ごと受け取ってしまった。それは自家製カカオ豆から作った物でも、製菓用チョコレートを湯煎《ゆせん》で溶かして固め直した物でもない、お店で売っている市販のチョコレートだったのに。

「じゃ、元気でね」

用件は済んだとばかり、花帆は別れの言葉を口にした。俺は、何か言葉を探したけれど、結局何も出てこなかったから、小さく「おう」とだけ発した。

少年みたいな後ろ姿が、どんどん遠くなる。その背中があまりに潔《いさぎよ》くて、追いかけることもできなかった。

こうなってしまってはもう、一緒に駅まで歩くことなんてできなかったから、俺は取りあえずその場でチョコレートの包みを開けた。箱を開くと、チョコレートは四個入りで全部種類が違っている。ドライフルーツの載っている丸いやつを、一個摘《つま》む。四年前にあいつがくれようとしたのは、どんなチョコレートだったのだろう。今だったら、あれを受け取るのに。このチョコレートじゃなくて、あのチョコレートを食べたかった。

口に入れてつぶやく。

「……くしょう」

チョコレートを久しぶりに食べたせいか、唾液《だえき》が出るとともに頬が内側から痛くなった。

「何で、俺がフラれてる感じになってんだよ」

どうにも納得できない思いをからかうように、枯れ葉交じりの冷たい風が俺にまとわりついて消えた。

小西花帆の挑戦

何でこんな状況になってるんだろう、と、当事者ながら私は他人事《ひとごと》みたいにその場にいた。

私の右側には父、その隣に母、左側には姉、その隣に姉の夫が、神妙な顔をして正座している。古い日本家屋の八畳間。当然、正座。しびれそうだったけれど、足を崩すなんてこと、絶対に許されない雰囲気だった。

無理な頼み事をしにこの家を訪れた私たち家族には、床の間を背にした上座がどうにも居心地悪かった。

けれど迎えた側、この家の当主という女性は、お茶を勧めながら大らかに笑った。

「まあ、そんなに硬くならないで。お楽になさってくださいな」

年の頃は、六十前後か。うちの母より歳《とし》はいっているが、お祖母《ばあ》ちゃんよりは若い感じ。

「こんなボロ家でよければ、どうぞ使ってやって。余っている部屋はありますからね」

女性は小太りで飾り気がないが、笑顔がとてもチャーミングだった。私は、仲よくなれると直感した。

「小山《おやま》君のお嫁さんの妹さんなら、大切にお預かりしなくっちゃ」

ねえ、と右横に視線を向けると、彼女の娘であるショートカットの綺麗《きれい》な女性が「ええ、もちろん」とほほえみ返す。ほぼ同時に、「小山君」であるところの私の義兄《あに》が「よろしくお願いします」と頭を下げた。

つまり、これは義兄とこの家の娘とが「仲人《なこうど》」になってまとめた「見合い」であり、上手《うま》くいけば私はこの家に下宿させてもらうことになっているのだった。

「農園のことは息子に一任しているけれど、大《ゆたか》も承知していますから」

言いながら当主の女性は、今度は左側に視線を移す。大柄で日に焼けた、いかにも農園の男といった風情《ふぜい》の男性が、無言で頭を下げた。

「よろしくお願いします」

私も慌てて頭を下げ返した。

私が親元を離れて暮らすにあたり、その場所選びには譲れない条件があった。日本列島の中で比較的南に位置し、南国の植物を育てられるハウスを有し、その一部を最低四年貸してくれる農園がある所。

そんな太っ腹な農園あるわけがない、と、両親は鼻で笑ったが、ならばアフリカや東南アジアに行くと言い出したら、さすがに慌てて、ないコネを必死にたぐって場所探しをしだした。自分たちの引っ越し準備で忙しいのに、ご苦労なことだ。私もネットなどで探して問い合わせてみたりしたけれど、どこも相手にしてくれなかった。高校卒業間際の小娘が電話したところで、誰も本気になんてしないのだ。

しかし、ツテは思いがけないところにあった。姉の夫、小山君（いまだに私は、下の名前ではなく苗字《みようじ》で呼んでいる）が学生時代九州に住んでいて、家が果物農家の友達がいたことを思い出した。義兄は、今や一年に一回年賀状を交わす程度しかつき合いがなくなったその人に、連絡してくれた。そして、どこかハウスの一角を貸してくれるところはないか、と聞き、それならうちで面倒見るよ、と返ってきたので一気に話が進んだのだった。

両親は、これで娘が国内残留決定だと狂喜乱舞。もう周辺の大学に転がり込みさえすれば四年間好きにしていい、と許した。その上、ハウスの持ち主の家に下宿することができると知るや、感謝感激、家族総出でご挨拶《あいさつ》に来たというわけだ。

お見合いは成功し、私はその家、村上農園《むらかみのうえん》にお世話になることが決まった。

さて。先の、何でこんな状況になってるんだろう、の答えは、間違いなく去る二月十四日に端を発している。

私は、一世一代の勇気を振り絞り、清水《きよみず》の舞台から飛び降りる覚悟で、生まれて初めて男の子に告白というものをした。

あれ？　振り返ってみるに、正式には告白はしていないかもしれない。チョコを差し出して、受け取ってもらえなかっただけか。でも、バレンタインデーにチョコを渡そうとしたのだから、それはイコール好きだというアピールをしたと決定してよかろう。

彼、有田涼介《ありたりようすけ》君は小学校からずっと同じ学校で、ちょっと格好よくて、明るくて気さくな性格で、いつでも周囲に友達がいた。彼は私にとって太陽みたいな存在で、遠くからまぶしく見つめるだけ。でも本当は、みんなみたいに側《そば》に寄って、話しかけたりしたかった。有田君の近くにいれば、私も輝けるかもしれない。そう、私は月になりたかったのだ。

自他共に認める内気な私が、よくもそんな大胆な行動に出たと、自身でも驚いている。

きっかけは一月のある日、自習時間で参考書を開いていた私の耳に、彼の声が飛び込んできたこと。

『バレンタインデーには手作りチョコが食べたいなー』

もちろん、私に言ったんじゃないってわかっている。その時クラスの女子数人が彼の側にいたから、たぶん不特定多数に向けての言葉だったんだろう。でも、だったら私がチョコレートを渡したっていいんじゃないの、って思った。有田君には、特定の女子とおつき合いしているという素振りはなかったし。単にチョコレートをたくさんもらって食べたかっただけだとしても、たくさんのその中に私のチョコも入っていたら……なんて考えただけでワクワクした。というわけで玉砕覚悟で、愛の告白をすることを選んだのだった。私のことを何とも思っていないであろう有田君に、この想いをわかってほしかった。ライバルがたくさんいることは知っていた。上手くなんていかないだろう。でも、こっぴどくフラれたところで、もうすぐ卒業しちゃうのだから、ここから先ずっと気まずい関係が続くこともない。私は、受験勉強を二日ほどサボって、お姉ちゃんの本を借りて、手作りチョコレートを完成させた。

しかし、まさか彼が体育館の裏で、あんな理屈で受け取り拒否をするとはね。

『自分で作ったカカオ豆を使ってないなら、本当の意味で手作りチョコとは言えないだろ』

――だあ？　開いた口、しばらく閉じるのを忘れちゃったよ。

そして、予想だにしていなかったといえば、自分の反応も同じだった。

『作って持ってくる』

何、言ってるの？　馬鹿《ばか》じゃないの？　そんなの無理に決まってるじゃない。ちょっとネットで調べただけでも、東京では作れないって明白なのに。

でも、私は自分じゃない誰かに乗っ取られたみたいにベラベラと早口になって、どんどん後には引けなくなって、結果、四年後の二月十四日に無理矢理約束を取りつけて、その場から走り去った。

なぜか、高揚《こうよう》していた。走ったせいではなかった。

私は、カカオを栽培して本当の意味の手作りチョコレートを作るのだ。

今まで何もなかった場所に、扉が開いて、その先には見たこともない風景が広がっていた。そこで私は、予定していた進路をガラリと変えることになった。


村上農園は、母屋《おもや》にお母さんの明代《あきよ》さんが住んでいて、私もそこに部屋を借りている。明代さんの旦那《だんな》さんは数年前に亡くなっており、息子さんの大さんはハウスの側の離れに一人で住んでいて、母屋にはご飯を食べに来るくらいだ。あとから知ったことだけれど、娘の美矢子《みやこ》さんは仕事の関係でここからそう遠くはない場所に部屋を借りていて、一緒には住んでいないという。実家には、気が向くとふらりと立ち寄るくらい。

でもって、村上農園はちょっと変わった農園らしい。

例えば米農家やジャガイモ農家のように、作物を一種類だけ作っている農家ではなく、マンゴーとかパパイヤとか何種類もの南国系のフルーツをハウス栽培している。そこまでは、まあそう珍しくないのだが、普通なら質の良いフルーツを効率よく作って市場に卸《おろ》すところ、ここでは品種改良をしたり、同じ品種でも土とか肥料《ひりょう》とか水とか棚の形状を変えたりして結果を比べたり、データを取ったり、まあ難しいことはよくわからないけど、ハウスの中が実験室みたいなのだ。そんな所だから、「カカオを栽培したい」なんていう私みたいな素人《しろうと》のことを受け入れてくれたのかもしれない。

「大さんのお父さんの時からそうなの？」

私は大学に行っていない時、明るい時間はたいていハウスで過ごす。ハウスに植えたカカオの苗の世話もあったけれど、できるだけ大さんの手伝いもしたかった。以前は明代さんも働いていたそうだけれど、本人曰《いわ》く、寄る年波で腰が痛くてハウスでの仕事が厳しくなってきたので数年前に引退したという。

「先代から、ってこと？」

ハウスの室温を確認してから、大さんが振り返った。私が、そうだとうなずくと、「いや」と彼は首を横に振る。

「うちのお父さんは、普通の果樹農家のオヤジさんだった」

「へー」

明代さんの旦那さんが亡くなったのは五年前。倒れて入院してしばらくは、大さんもお父さんがやっていた通りに農園を守った。けれど、お父さんは亡くなる間際に、農園は廃業してもいい、って言ったんだって。研究者の道から足を洗い家業を継いだ息子を、解放してやろうとしているんだ、って大さんは感じたという。だから、その気持ちに応《こた》える意味でも農園は続けた。失敗してもともとだから。開き直って、やりたいようにやらせてもらっている、と、ぽつりぽつり語った。

師匠《ししょう》。愁《うれ》いを帯びた表情が格好いいです。

あ。私は大さんのことを、心の中で「師匠」と呼んでいる。一度声に出してみたら、「師匠じゃないから」と否定されてしまった。でも、間違いなく師匠だ。東京の自宅で鉢植えの花一つ育てたことがなかった私に、植物の育て方を教えてくれた。始めのうち私は、土と名がつけば全部同じ物で、種類があるなんてことすら知らないくらい無知だった。

大さんもカカオ栽培は初めてだったけれど、いろいろ調べてアドバイスをくれた。カカオは本当に実をならせるのが難しいということで、一つのハウスじゃなくて、五カ所のハウスに分散させて苗を植え、土とか日光のあたり具合とか水の量とかを変えて育てることになった。豆がとれるまで早くても三年。タイムリミットのある私には、ワンチャンスしかなかった。どれでもいいから実をつけてくれる木を育て、小さくていいからチョコレートを作らなければならない。

「はい、これ。農学部の本山《もとやま》教授から預かってきた物」

大学から持ち帰った茶封筒を、私は大さんに手渡す。中にはファイルが入っていて、ファイリングされた書類の中身っていうのは、私にはちんぷんかんぷんの学術的なもののようだった。

「お使いありがとう」

「お礼はマンゴーで、って、教授が」

大さんは、「わかった」と言って目を細めてほほえんだ。


大さんは、以前は今私の通っている大学の大学院にいた。辞めてからも交流があるから、私は時々大さんと教授の間で、荷物や手紙を運ぶ宅配便屋さんみたいなことをやっている。文学部の私には畑違いだったけれど、大さんのハウスで果樹の世話を手伝っている身としては、農学部の学生や大学院生、教授たちの話を聞くのは興味深いし勉強にもなった。

用事が済んで帰ろうとしたら、研究室で「今コーヒー入れたから、花帆《かほ》ちゃんも飲んでいけば？」みたいに誘われることもしばしばある。そんな時は、大概《たいがい》園芸とは無関係の雑談に花が咲くものだ。

「へー、花帆ちゃんお姉さんがいるんだ。いくつ違い？」

院生のトモコさんが、テーブルから身を乗り出して尋ねてきた。

「私の四つ上」

するとそれを聞いて、奥の机で本を読んでいた本山教授が、椅子《いす》を立って話に加わった。

「いいねー。お姉さんさ、おうちゃんのとこに来てくれないかな」

本山研究室の面々は、大さんのことを「おうちゃん」と呼ぶ。昔からのあだ名らしい。

「大さんのお嫁さんに、ってことですか？　残念でした、姉はもう結婚してます」

そりゃ残念だ、と落胆の声が上がる。何、それ。

「大さん、お嫁さん探しているんですか」

「いや。でも、あの木訥《ぼくとつ》男が自分で見つけられると思う？　仕事ばっかで全然外に出ないから出会いもない」

「まあ、そうですけど」

そこら辺は反論はない。でも。

「だからさ、周りで世話してあげないと結婚できない、って。僕たちは心配しているわけでね」

何か、面白くない。師匠のいないところで、こういう話をされるのは。あからさまに不機嫌な顔になった私を見て、何を誤解したのか、院生のタケオさんが口を開いた。

「なら花帆ちゃんは？　十二も上のおじさんだめ？」

「わ、私⁉」

いいとも悪いとも意思表示する前に、トモコさんが「だめだめ」と私の代わりに答えた。

「花帆ちゃんは、好きな人がいるんだから」

「そうかー。彼にあげるチョコレートを作るんだったね」

私が村上農園で何をしているか、どうしてそんなことをしているかは、皆さん当然ご存じだった。

「じゃ、前の時はどうしてまとまったんですかね」

タケオさんが首をかしげると、教授が「そりゃ」と右の人差し指をくるくる回した。

「相手がえらく積極的だったんだよ」

はい？

「前、って？　相手、って？」

私は聞き返した。今、ものすごく引っかかったワードがあったから。するとその場にいた人たちは「あれ、知らなかったんだ」みたいな、「やべ」みたいな、ちょっと戸惑いの表情を浮かべた。

「隠しているわけじゃないと思うから、言ってもいいよな。うん。おうちゃん、バツイチなんだ」

「……そうなんですか」

「別れてだいぶ経《た》つし、吹聴して回る話でもないから、花帆ちゃんには伝えてなかったのかもしれないな。本人も自分にバツがついてるの、忘れてるのかもしれないし」

「はあ」

やだな。どうして、私がなぐさめられるみたいな雰囲気になっているんだろ。

私は、村上家の下宿人で、村上農園のハウスの間借り人で。それだけの間柄だから、プライベートの深い話は教えてもらえなくて当たり前。

大さんだって、三十過ぎのおっさんだし、一回くらい結婚ってものを経験してたって不思議じゃない。

でも。

どんな人だったんだろう。どうして別れたんだろう。どうしても考えてしまう。

おかしいな。私には、有田君がいるのに。

ううん、おかしくない。大さんは、私の師匠だから。弟子《でし》が師匠のことを気にするのは、ごくごくごーく当たり前のことだ。


大学から帰って母屋の前で自転車を降りると、背後から青い自家用車が敷地内に入ってきて、空いていたスペースに駐《と》めた。これは美矢子さんの車。

「あれー、花帆ちゃん。髪切ったの？」

窓をウィーンって下ろしながら、美矢子さんの第一声。

「はい。バッサリと。美矢子さんの真似したみたいになっちゃいましたね」

切ったのは、一カ月以上前だった。それだけ、美矢子さんとは会っていなかったってことか。

「私は仕事柄短いほうがいい、ってだけよ」

車から降りて、美矢子さんは首をすくめた。

美矢子さんはパティシエだ。小さいけれど、駅前の一等地に自分の店を持っている。私の大学の友達も、洋菓子店『フレシュ』のファンが多い。

「あーもったいない、真《ま》っ直《す》ぐで綺麗な髪だったのに」

「でも、切ってみるといいことが多くて。髪洗ってもちょっとドライヤーかければ乾くし」

ある暑い日、大さんが水道の蛇口《じゃぐち》の下に頭を入れて後頭部からバシャバシャ水をかぶってるところを目撃した。それがもうワイルドで格好よくって、あとでこっそり真似してみたら、水が長い髪の毛を伝ってTシャツをびしょびしょに濡《ぬ》らしてしまい、こりゃだめだ、となった。ショートカットとなった今は、コツもつかんでもうかなり上手に水をかぶれる。

「今さ、新作のタルトの開発中でね。なーんか煮詰まっちゃったから遊びに来た」

「とか言って、またハウスから収穫寸前のフルーツ持っていく気なんでしょ」

「人聞き悪ーい。ま、間違ってないけど」

「美矢子さんが来たら言っておいて、って大さんから伝言預かってます。勝手に持っていくな、言ってくれればちゃんと熟れているのを選んでやるから、って」

「まーっ、相変わらずやさしいお兄ちゃんだこと」

「そうですね」

うなずきながら私は、大さんの結婚のこと、美矢子さんにだったら聞いてもいいかな、とチラリと思った。あれから気になって気になって仕方ないんだけれど、本人にはもちろん聞きづらい。明代さんにも。すごく良好な関係を築いているからこそ、不用意な質問などして気まずくはなりたくなかった。

あの、と、言いかけた時、0．5秒早く美矢子さんがつぶやいた。

「やさしすぎるんだよな、あの人」

苦笑混じりのため息。ほんの一瞬、浮かべた複雑な表情。それが、私にブレーキをかけた。

「ただいまー。お母さんいるー？」

玄関の扉をガラガラと横にスライドさせて、美矢子さんは家に入っていく。もう、いつもの明るい声だった。


私は、詮索《せんさく》することをやめた。

過去にどんなことがあっても、私にとっての大さんは今の大さんだけだから。そんなことより、今集中しなければならないのはカカオ豆を作ること。私は、朝ハウスでカカオの世話と、大さんの作業の手伝いをしてから大学に行って、帰ってきてからも明るいうちは農園の仕事をして、夕方は明代さんの夕飯作りのアシスタントとかして、夜は大学の勉強をする、といったかなり忙しい日々を送った。

その結果、日に焼けて肌は健康的に色づき、筋肉もほどほどについた。身長は伸びなかったから、短い髪とあいまってスポーツ少年みたいだった。どうだ。もう誰も、私を、「ぬりかべ」とか「一反木綿《いったんもめん》」とは囃《はや》したてられまい。

本山教授の周辺にいる時、「おうちゃん」の話題が出ることがあって、私は次第に大さんがカカオ栽培のために教授を通じて貴重なデータや資料を取り寄せて勉強してくれていることを知っていった。時には「奥さんに他に好きな人ができて破局した」とか「奥さんが農園という家業を手伝いたくなくて出ていった」みたいな話が耳に入ってきてしまうこともあったけれど、一々《いちいち》心を乱されないように気をつけた。第三者の噂《うわさ》話がどこまで本当かなんてわからないし、本山研究室にいる人たちはみんな大さんの味方だから、大さんが被害者だって思いたいだろう。元奥さん側に立ってみれば、彼女なりの言い分があるはず。一度は大さんが選んだ女性なのだから、あまり悪く思いたくはなかった。

大学三年になると、私のカカオは木によっては花が咲くものが出始めた。

「やったー!」

私と大さんは、両手でハイタッチして喜んだ。小さくて可憐《かれん》な白い花が、太い幹からぶら下がるみたいに咲いている。日々、水をやったり、肥料をやったり、病気にならないよう気を配ったり、虫を見つけたら取り除いたり、遮光《しゃこう》したり、ハウス内の温度管理をした苦労が一気に報われた気がした。

「でも、これからだよ」

大さんは、一度緩んだ顔をキリッと真顔に戻す。

「そうでした」

カカオは難しい。本山教授も、最初に会った時「四年でチョコレートができたら奇跡」と言っていた。まずは第一目標だった花を咲かせることはクリアしたが、その花が実になる確率は非常に低い。百個花が咲いて、一つも実にならないことさえあるのだ。

だから、どの木もたくさん花が咲けばいい。その中で一個でも二個でも、実になってくれれば——。

ラグビーボールみたいな形のカカオポッドが鈴なりに生《な》っている光景を夢みて、私は幹の花がついていないところを「お願いね」とそっと撫《な》でた。


もちろん、現実は厳しいもので、「鈴なり」なんて図々《ずうずう》しい夢は叶《かな》うわけなかったけれど、大学四年生の年末までにはトータル五個の実が収穫できた。それですぐチョコレートにできるかというと、まだまだで、次は豆を醱酵《はっこう》させるという作業。硬い実を割って、豆を覆《おお》っている繊維質の果肉ごと取り出す。カカオ栽培が盛んな暑い国なら何もプラスしなくても、その地域の微生物の力で醱酵するみたいだけれど、日本ではそうもいかないだろう、と、大さんは酵母《こうぼ》を加える方法を私に教えてくれた。そうしたら見事に醱酵し、乾燥を経てアーモンドみたいな形の焦げ茶色の豆ができあがった。

二月十日の夜。美矢子さんが店の仕事を終えてから、実家にやって来た。

「すみません、お疲れのところ」

「いいって、いいって。乗りかかった船さ」

カカオ豆からチョコレートを作るべく、家庭教師に来てくれたのだ。

「でも、美矢子さんがいてくれて助かりました」

さすがに大さんはお菓子作りは門外漢で、「あとは任せた」と美矢子さんにその先を丸投げした。

「ネットとかで調べたんですけれど、やっぱりわからないところもあって」

「でしょうね」

美矢子さんにエプロンをつけると、肩までかかった髪を一本にまとめてバンダナの三角巾で頭全体を覆った。私はもう一時間も前から装備完了。

豆の量から、美矢子さんは「板チョコ一枚がいいところ」なんて、不吉な予言をした。だから失敗なんてできないよ、と。もちろん、真剣勝負で臨《のぞ》みます。

「でも、パティシエって豆からチョコレートも作れるんですね」

焙煎《ばいせん》し外皮をむいた豆をコーヒーミルでゴリゴリ粉砕しながら、私は尋ねた。専用の道具や機械がないから、いろいろ台所にある物で代用している。

「まさか。花帆ちゃんにいいところ見せようと思って、ショコラティエの友達にレクチャー受けてきたんだよ。その人、昔手作りチョコの専門店に勤めてたの」

「男の人？」

「ですが、何か？」

そこ触れなくていいじゃない、みたいに冷ややかに見返す美矢子さん。

「いえいえ」

ふーん、そうか。美矢子さんにもそんな人がいたんだな。

「ほら、花帆ちゃん、手が疎《おろそ》かになってる！」

頬《ほお》がちょっと赤くなったのは、湯煎《ゆせん》のために沸かしていたお湯のせいじゃないと見た。

カカオは手作りにこだわっていた有田君だったけれど、お砂糖については言及していなかったので、そこは市販の粉糖を入れることにした。チョコレートが甘くないなんて変だし、私はカカオのことで頭がいっぱいで、砂糖をどうするかなんてことまで考える余裕はなかった。

粉にした豆とお砂糖をボウルに入れ、温めながら混ぜて混ぜて。次はボウルごと冷水に浸けて冷まして、ここぞというタイミングで湯煎に切り替えてまた温める。混ぜながら常に温度計とにらめっこ。美矢子さんは温度にとても厳しくて、「1℃でも越えたらやり直しだからね」とプレッシャーをかけた。でも、そうは言っても材料の量が少ないから、温度計を入れる位置で計測に誤差はあったろう。

シリコーン製の板チョコ型は二個買って準備しておいたけれど、美矢子さんの予言通り使ったのは一個のみだった。

片づけもおおかた終了すると、私たちはダイニングテーブルでお茶を飲みながら、冷蔵庫でチョコレートが固まるのを待った。

「カカオバターも入っていないからなめらかじゃないし、豆が舌に残る部分もあるかもしれないけど、素朴《そぼく》でいいチョコレートだよ」

板チョコ一枚しか作れなかったから、味見もできない。美矢子さんも私も、ボウルにこびりついていたチョコレートを指でこすり取ってなめた微々たる量で、できあがりを予想するのみだ。

「どうするの、これから」

　私の今後について、美矢子さんは尋ねた。

「わかりません」

　私は正直に答えた。四年前の目標は、カカオから作ったチョコレートを有田君に渡すこと。その先は考えていなかった。有田君の反応も、有田君の反応を受けて私がどうしたいと思うかも、実際にその場に立ってみないとわからない。

　両親は、有田君がどう答えを出そうが、東京に帰って就職しろと言っている。最初から四年の約束だったのだから、と。でも、私には決心がつかない。この春卒業見込みなのに、進路が決まっていないのはゼミで私だけだ。

「カカオのことなら、おうちゃんが引き受けてくれるわよ。まあ、大量生産なんてできないだろうけど、毎年地道に収穫できたら、私がもらっておいしいお菓子にしてあげるし」

「美矢子さんも、大さんのことおうちゃん、って呼ぶんだ」

「ああ、たまに出ちゃうんだな。昔の癖で」

「大きいって書くからおうちゃん」

「違うよ。『近江《おうみ》』だから『おうちゃん』。大きいだったら『おおちゃん』でしょ」

　確かに。「大きい」のふりがなは「おう」ではなく「おお」だ。でも、

「おうみ？」

私は首をひねった。初めて聞くワードだ。

「近江っていったら、大さんの旧姓……。えっ、もしかして知らなかった!?」

美矢子さんは心底驚いたみたいで、椅子から落ちそうになるくらい仰《の》け反《ぞ》った。それから バンダナの上から頭をかいて、しょっぱい顔をした。

「そっかー。知らなかったから、花帆ちゃん私と仲よくしてくれてたんだー」

何、何、どういうこと？　大さんに旧姓がある、って意味がわからない。大さんには、村上さんじゃない時代があった、ってこと？　だとして、だとしたって、どうしてそれを知っていたら、私は美矢子さんと仲よくしない、って考えが生じるわけ？

「花帆ちゃんさー、本山教授の所に行ってるから、全部聞いてるかと思ってた」

「大さんがバツイチだってことだけは知ってます」

旧姓というからには、結婚もしくは離婚して苗字が変わった、ということだろうか。

「あそこの人たち、おうちゃんは嫁が男作って出ていった、って言ってなかった？」

言ってた。そんなようなこと、言ってた。けど。けど!?

「まさか」

今度は私が驚く番だ。

「それ、私なの」

うそ。マジ？

「じゃ、大さんは……婿《むこ》養子ってこと？」

「正確には、夫婦養子なんだけどね。一回私も近江になって、将来的には大さんが農園継いでくれるっていうから、二人して両親の籍に入り直して――」

そういう細かいことはどうでもいい。つまりは、大さんの別れた奥さんが美矢子さんだった、で確定ってこと!?

「そういうことです」

何だろう、この観音《かんのん》様みたいなほほえみは。

「あの人、やさしいでしょ」

美奈子さんは言った。

「私はそれにつけ込んで、大学の先輩だった彼に猛アタックして結婚してもらって、わがまま言って、親の反対押し切って、パティシエになるため東京に行って、そこで男作って、父親に勘当《かんどう》されて、大さんと離婚して、父親が倒れて、大さんが大学院辞めて農園継いでくれて、父親が死んで、近頃やっと実家に帰れるようになったわけ」

美矢子さんは、事実だけを淡々《たんたん》と語った。私が初めてこの家に来た日、本当に久しぶりに敷居をまたいだんだ、って白状した。私と村上家の『お見合い』が、美矢子さんが実家に戻るきっかけになってたなんて、知らなかった。

「それで、東京で好きになった男の人は？」

立ち入りすぎと思いつつ、私は聞かずにはいられなかった。

「すぐ別れた。たぶん、お互いにそんなに好きじゃなかったのよ。だから、次は大好きな人と一緒になるつもり」

「ショコラティエの彼？」

「そうよ」

はにかむようにうなずいたのを見て、私は「あ」と思い当たった。

「もしかして髪の毛伸ばしてるの、ウエディングドレスに合わせて？」

「当たり。六月にこぢんまりと身内だけで式を挙げるから、妹として参列してくれる？」

妹として――。

「もちろん」

私は大きくうなずいた。その頃何をしているかわからないけれど、どこにいたってきっと駆けつけますとも。

大さんを、私の師匠を傷つけたかもしれない人だけれど、やっぱり私は美矢子さんのことを嫌いになれない。むしろ、このことを聞いてますます好きになってしまった。だから心から言える。

「おめでとう、美矢子さん。幸せになってね」

ジリリリリリリと、けたたましくアラームが鳴った。

私の、カカオ豆から作ったチョコレートの完成だ。


二月十三日に、私は東京に帰った。

実に四年ぶり。カカオのことが気になって、正月にすら帰郷しなかったのだ。でも、今回は行かねばならない。四年前に、自《みずか》ら約束したイベントなのだから。

「その格好で大丈夫か」

駅まで送ると言って玄関前にトラックを回してくれた大さんが、私のGジャンを見て言った。

「東京、ここんところ寒いって」

朝刊の天気予報を指さしながら、明代さんが追いかけてくる。こっちにいる間は、冬でもそんなに寒くなかったから、Gジャンとマフラーくらいで全然しのげた。でも、真冬の東京はこれじゃヤバいかもしれない。家に帰れば、お姉ちゃんにコートを借りられるかもしれないけれど。

「大さん、何か上着貸してくれる？」

このままだと明代さんが年代物の外套を押し入れから引きずり出してきそうだったから、私は大さんに頼んだ。

「こんなのでいいか」

持ってきた黒い革のごっついライダースジャケットは、レディースMサイズの身にはかなり大きめだった。これならGジャンの上からも羽織れちゃいそうだ。

「お借りいたします」

私は軽く縦に畳んで、片袖《そで》に引っかけて『村上農園』と書かれたトラックの助手席に収まった。

駅までの道すがら、大さんは何も言わなかった。

チョコレート作りをした翌朝、板チョコ一枚しかできなかったと知るや、明代さんも大さんも口にこそ出さなかったけれど、明らかに残念そうな表情を浮かべた。私も申し訳なかった。お世話になった人たちに、本当だったら一番最初に試食してもらうべきところなのに。

「行ってきます」

「気をつけて」

私は軽く手を振り、大さんは小さく一回頭を上下させた。

飛行機では、離陸してほどなく熟睡してしまったので、東京までは一瞬な感じだった。空港からの高速バスに乗り込む時、耳がキーンと冷たくなった。ただいま、東京の冬。大さんのジャケットを借りてきて、本当によかった。

懐かしい自宅に着いたのは、辺りが薄暗くなってからだった。インターホンを鳴らすと、待ち構えていた姉が飛び出してくる。表札こそ「小山」に変わっているけれど、私の部屋は四年前のまま残っていた。でも、リビングには私が暮らしていた頃にはなかったベビーベッドが置かれ、中をのぞくと、去年の年末に生まれた姪《めい》っ子がスヤスヤ寝息をたてている。家の匂いも、住む人が変わると別の匂いに変わるのだと知った。

私の意識は、空間移動するみたいに一瞬のうちに村上農園へと飛んだ。あの家やあのハウスに漂う空気には、私の匂いも含まれているのだろうか。

「いつでも帰っておいで」

背後からの姉の声で、すぐに東京の家に引き戻された。ちょうど目が覚めた赤ん坊が、激しく泣き出した。

姉の家となった実家に一泊し、昼過ぎに待ち合わせ場所の高校に向かった。

有田君が来ない、という心配はなかった。一昨日の晩、つまり二月十二日の夜、私は彼にメールを出して確認したのだ。四年前東京を離れる時、勢いでスマホを解約してしまったので、必要に迫られて再び手に入れた新たなスマホから。私のアドレスは変わったし、有田君だって変えているかもしれないと不安だったけれど、有田君からは「了解」と返信が来た。

高校の最寄り駅には、ちょっと、いやだいぶ早く着いてしまった。時計を見る。三時ちょっと前。約束の四時までは、あと一時間もある。今日も外の空気は冷たい。どこかで時間をつぶそうか、と駅前の商店街に足を踏み入れた。書店でも喫茶店でも構わない。

そこだと記憶していた場所には、書店はなかった。代わりに、四年前はなかったチョコレートショップができていた。店内は多種多様なチョコレートであふれていて、それらの一部は綺麗な箱や可愛《かわい》い缶、ぬいぐるみの入った籠《かご》などに詰められ華やかだ。もちろん、バレンタインデーの今日、それらを買い求める女性客の姿も多くある。

「どうぞごゆっくりご覧になってください」

店員の勧めに導かれ、私はガラスケースの中を眺めていった。大理石のような模様のもの、小鳥の卵に似ているのはホワイトチョコでコーティングしたアーモンドチョコレート。

ナッツやドライフルーツでトッピングされたチョコレートは、宝石みたい。あ、これはハート型の小さいチョコを四つ並べて、クローバーに見立てているんだ。チョコクッキーの中に見える緑色の欠片《かけら》はなんだろう。ピスタチオ？　それともアンゼリカ？　見ているだけで、楽しい。そして、どれもこれも愛《いと》おしい。

急に胸が熱くなった。

これらのチョコレートは、すべてあのカカオ豆から生まれた産物なのだから。赤道《せきどう》付近のどこか暑い国の大きな農園で、きっと今日も誰かがカカオの木を育てている。

ここにいるお客さんの中でどれだけの人が、カカオの葉の形を、可愛らしい花を、カカオポッドのなり方を知っているだろう。肩からさげたリュックの表面を、私はそっと撫でた。そこには私の作った一枚の板チョコが銀紙に包まれ、神妙に出番を待っていた。

私は、四つの違うチョコレートが入った小箱を一つ買った。長居して申し訳なかったし、見ているうちに欲しくなったのも本当だ。ショップのロゴが入った手提げのペーパーバッグごとリュックに詰めて、店を出た。駅から続く、懐かしい通学路を歩いていくと、高校の校門から少し離れた塀の前に有田君の姿が確認できた。

「有田君」

私が名前を呼ぶと、有田君はそこで初めてそれが私だと気づいたようだった。確かに髪型は変わったけれど、目の前に立つまでわからないなんて笑っちゃう。

「……小西《こにし》」

「久しぶり。ありがとう、来てくれて」

有田君は四年間で素敵な大人になっていた。ジーンズに長めのチェスターコートを合わせても、カシミヤのマフラーをしていても、背伸びしている感はないし似合っている。四年前、制服を着崩していた彼とはとても思えない。髪も短めで清潔感がある。

私が四年間何をしていたのか、有田君が聞いてきたのでざっくり答えた。卒業式にも出ずに彼の前から姿を消した私の義務、だと思って。しゃべりながら私は、有田君のどこが好きだったんだっけ、と思い出そうとした。ちょっと格好いい容姿？　明るくて気さくな性格？　彼は太陽で、私は月になりたくて——。

四年前の私、何でそんなこと思っていたんだろう。

今の私は、太陽に照らされて輝くのではなく、自らが光りたい。

好きな男性のタイプは、大きくてたくましい肢体《したい》をもち、言葉少なだけれど誠実な人柄で、植物のことをよく知っていて頼りがいがあるやさしい人。

有田君、ごめん。本当にごめん。四年越しの約束を覚えていてくれて、手作りチョコを受け取りに来てくれたのに。

チョコレート。

「あ」

私は「そうそう」と、視線をリュックへと落とした。

「肝心なこと、忘れてた」

言いながらリュックの口を開くと、中から小さい手提げのペーパーバッグを取り出し、彼に差し出した。

「え？」

約束の「手作りチョコレート」ではなく、さっき買ったあのチョコレートだ。

「──あの」

有田君は、目を白黒させている。そりゃそうだ。四年待たされたあげく、市販品を差し出されたんだから。でも、どうしても自家製カカオ豆から作ったチョコレート第一号を、有田君にあげるわけにはいかなかった。だから嘘《うそ》をついた。

「ごめんね、がんばったけどカカオ豆は四年ではできなかった。やっぱりカカオベルトの壁は越えられなくて」

カカオベルトと言ったところで、有田君には意味がわからないだろう。でも、何となく失敗した、って伝わればいいのだ。

「ということで義理チョコ、ならぬ、これはお詫《わ》びチョコ。駅前の商店街にできたお店で買ったの。きっとおいしいよ」

「……うん」

有田君は、紙の手提げ袋ごと受け取った。

「じゃ、元気でね」

私は、市販のチョコレート四個分軽くなったリュックを肩にかけ直した。小さく「おう」と応えた有田君に、私は心の中でもう一度「ごめんね」と「ありがとう」を言った。

そして、駅に向かって早足で歩いていく。

早く帰ろう。あの場所に。

帰ろう。私のカカオが待っている。

今後のことはゆっくり考えるとして、取りあえず帰ったらリュックの中に入った板チョコを三等分して食べることだけは決めている。

明代さんと、私と、大さんと。三人で。

冷たい風が、短い髪を撫でていく。私は襟《えり》のあわせを押さえた。羽織ったジャケットは、農園のハウスみたいに温かかった。

かの二月十四日、某都立高校の校門前で、離れゆく二つの人影ありけり。
各々《おのおの》その姿、黄昏《たそがれ》時の人混みに紛《まぎ》れしとぞいひ伝へたる。

ちょこれいと
六区
〜うちの悪魔で天使な弟が〜

我鳥彩子

the SECRET CHOCOLATE
is SWEET and
BITTER...DELICIOUS!

written by Saiko Wadori

宿題はチョコレート・アンソロジー

都下某所に広大な敷地を有する私立鷺《さぎ》ノ院《いん》学園。私こと鷺沼湖子《さぎぬまここ》は、高等科一年に籍を置くごく普通の女子高生である。

十二月も下旬、冬休みに入ったばかりのクリスマスイブ。ケーキの前に、チキンの前に、私は原稿用紙の前で唸《うな》っていた。

冬休みの宿題として、チョコレートをテーマにした恋物語を書かねばならないのだ。クラス内で優秀作品が数作選ばれ、挿絵《さしえ》を付けて製本されたものがバレンタインデーに配られるという企画である。

私は文章を書くのが得意ではないし、恋愛小説にも取り立てて興味がない。まったくの不得意分野なので、優秀作品に選ばれようなどと大それたことは考えていないけれど、とりあえず宿題なので書いて出さねばならないと思っているだけだ。面倒な宿題から先《ブッ》に片づけようと、まずこれに取り掛かったものの、どうにもネタが出てこない。

リアルな恋愛小説なんて書ける気がしないし、メルヘンに逃げるのが無難かな。チョコレートの国のお姫様が主人公とか——チョコレートで出来たお城にチョコレートの馬車、チョコレートの川、チョコレートの雨……。

駄目だ……。想像したら胸焼けがしてきた。チョコだらけの世界で、そこから何をどう展開させればいいかなんて、ストーリーがちっとも頭に浮かばない。

そこへ、

「ココちゃん、ただいま。なに唸ってるの？」

出かけていた弟の六区《ろっく》が帰ってきて、部屋を覗《のぞ》いた。

私は振り返って憮然《ぶぜん》とため息をつく。

白い肌にピンクの頬《ほお》、バサバサ睫毛《まつげ》にぷるんぷるんのくちびる。白いフェルトのベレー帽に、ピンクのボアが付いた可愛《かわい》いワンピース。クリスマスに舞い降りた天使のような美《び》貌《ぼう》を持つこの少女は、れっきとした私の弟——中学二年男子である。

六区は今日、クラスの女子が開くクリスマスパーティに招待されていた。女子会だから女装で来て欲しいというのがリクエストで、素直にそれを聞いて美少女スタイルで出かけて行ったのだ。何となれば、己の美貌をしっかり自覚している六区は、女装が趣味であり特技なのである。

――六区のクラスの女子たちって、六区を男の子として見てないわよね……。

斯《か》く言う姉としても、こんな恰好《かっこう》で目の前に立たれると、自分にいるのは弟じゃなくて妹だったのかと思いそうになる。

「さっさと着替えてきなさいよ」

私が苦笑しながら机に向き直ると、六区は「ココちゃん、イブに宿題やってるの？」と訊《き》いてきた。

「悪かったわね」

類は友を呼ぶのか、私の友達に「クリスマスは彼氏とデート♪」などと浮かれた予定の入っている人材はいない。一番仲良くしている幼なじみは家がケーキ屋なので手伝いに駆り出されているし、他の友達もなんだかんだで家の用事があったりで、誰も摑《つか》まらなかったのだ。だから暇な私は、家で真面目に宿題を片づけようとしているのである。

「原稿用紙？　読書感想文？」

「だったらまだ楽だったんだけどね」

私は宿題のプリントを六区に見せた。

「――チョコレートをテーマにしたラブストーリーのアンソロジー企画？　え、これ、つぐみ先生が出した宿題なの？」

六区が驚いた顔をするのも無理はない。

私のクラスの担任、国語教師の鶫澤《つぐみさわ》つぐみ先生（二十八歳・独身。鷺ノ院ＯＧ）は、クールな雰囲気の美人として、六区がいる中等科の方でも知られた存在だ。いつも孤高のオーラを漂わせ、生徒が恋バナを仕掛けても絶対乗って来ないし、「つぐみ先生は恋愛に興味がなさそうだね」というのがクラスの女子たちが出した結論だった。

そんなつぐみ先生が、突然チョコレートを絡めた甘い恋物語を書いてこいなんて言い出したものだから、クラス中が面喰《めんく》らい、戸惑った。特に男子は困り果て、受け狙いのお笑いでお茶を濁《にご》すしかないと、こそこそ話し合っているのを小耳に挟んでしまった（気持ちはわかる！）。

「へえ～……あのつぐみ先生がラブストーリーを読みたがるなんてね。何か心境の変化があったのかな。なんだかラブの予感がするよね。ラブはラブを呼ぶからね、何もなくてこんな宿題を出すなんてあり得ないよ」

六区が瞳をキラキラさせて、両手を胸の前で組んだ乙女チックポーズを取る。母親所蔵の少女漫画や少女小説を読んで育った六区は、女装趣味なだけでなく、少女趣味なのだ。発想が基本的にラブ中心で、父親所蔵のスポ根漫画を読んで育った私とは根本的に話が合わない。

「別に、読みたいから宿題にしたとは限らないんじゃないの？　だって、ちゃんとしたものが読みたいなら、プロが書いた恋愛小説を読めばいいんだから」

たぶん、うちのクラスで宿題として書かせたところで、やっつけで書いたラブコメか、やけくそで書いたメルヘンか、乙女の夢が詰まったご都合願望小説しか出来上がってこないと思うし。

冷めた返事をする私に対し、六区はプリントを読み返しながら訊《たず》ねてくる。

「それで、優秀作品に挿絵を描いてくれるイラストレーターって、どんな人？　ここに名前載ってないけど」

「ああ、それはクラスの子も質問してて、えっと――なんて言ったかな、ゆうなぎ……まりん？　とかっていう、プロのイラストレーターだって」

その名を聞くなり、六区が瞳《め》を瞠《みは》った。

「夕凪《ゆうなぎ》茉凛《まりん》先生!?」

「知ってる人？」

「知ってるも何も！」

六区はバタバタ部屋を飛び出して行ったかと思うと、本やゲームソフトの山を抱えて戻ってきた。

「夕凪茉凛先生は、小説の挿絵とかゲームのキャラクターデザインとかで人気のイラストレーターだよ。ほら、こんなにいっぱい作品が出てる」

「へ～……すごいね、人気ある人なんだ」

六区が広げてみせたのは、主に少女小説や、俗に「乙女ゲー」と呼ばれる女性向け恋愛シミュレーションゲームだった（華やかな絵柄が目に眩《まぶ》しい！）。そういえば、つぐみ先生がイラストレーター名を言った時、女子の一部がざわっとした。名前を知っている人もいたのだ。

「でもつぐみ先生、どうして茉凛先生みたいな人気イラストレーターに仕事頼めたんだろう。何か伝手《つて》があったのかな――」

不思議そうに首を傾《かし》げた六区は、けれどすぐに頰を薔薇《ばら》色に紅潮させ、がしっと私の手を握ってきた。

「ともかく、茉凛先生にイラストを描いてもらえるなんてすごいよ、ココちゃん、頑張って優秀作に選ばれなきゃ！」

「えー、無理でしょ。こういうのは提出することに意義があるのであって、出来を評価してもらおうなんて思ってないし」

「駄目だよ、そんな弱気じゃ！　こんな機会は滅多にないんだから、頑張ろうよ！　――

そうだ、これやって勉強しよう。甘い恋に浸った勢いで一気に書き上げよう！」

そう言って六区は、持ってきたゲームソフトの中からひとつを取り上げた。

『チョコレートの王子様　～甘い恋は僕たちにおまかせ♡～』

パッケージには、様々なタイプの王子様が総勢八名もひしめき合っている。確かにイケメンを描くのは上手なイラストレーターさんだと思うけど、私はそもそもこういったゲームに興味がないのだ。

「いいよ、私こういうの苦手だし」

頭《かぶり》を振る私に、六区はソフトをセットした携帯ゲーム機をぐいぐい押しつけてくる。

「でもココちゃん、宿題はやらなきゃならないんでしょ。ラブストーリーの参考にはなるだろうから、やるだけやってみようよ。ただ机の前で唸ってるよりは、建設的な行動だと思うけど」

「……」

確かに、私がひとりでいくら唸ったところで、チョコレートのお城に住むお姫様の話しか出てこない。そこからどうやって恋愛展開に持って行けばいいのかもわからない。

「ね、ほら、これ説明書。簡単な設定とキャラ紹介が載ってるから。お母さんが初回特典付きBOXを買ったからサントラCDとイラスト集もあるよ。これ、ポスター」

六区は母と趣味が同じなので、母が買った本を読み、母が買ったゲームを遊ぶ。ある意味、お金のかからない息子である……。

そんなこんなで六区に押し切られ、私は『チョコレートの王子様』という恋愛シミュレーションゲームをプレイしてみることになったのだった。

物語のヒロインは高校生で、校内でも人気のある先輩に片想いしている。バレンタインデーに手作りチョコをプレゼントして告白しようと決意するが、不器用なのでお菓子作りは苦手だし、そもそも引っ込み思案な性格なので自分から先輩に声をかけることすら出来そうにない。せっかく固めた決意が脆《もろ》くも崩れそうになった時、チョコレートの世界から八人の王子様がやって来た。

八人のチョコレートの王子様は、それぞれ得意分野が異なる。スポーツが得意だったり、芸術方面が得意だったり、お菓子作りが得意だったり、コミュ力が高かったり。それぞれの王子様と親密度を上げ、得意分野で協力してもらいながらバレンタインチョコを作り、憧れの先輩に告白してハッピーエンドを目指せ！　というストーリーらしい。

説明書を一通り読んだ私は、ぽつりと疑問を漏らした。

「……で、結局チョコレートの王子様って何なの？　チョコレートの世界って何？」

「チョコレートの王子様は、バレンタインデーを目指して頑張る女の子のために現れるチョコの精霊のような存在だよ」

「でも、そもそものバレンタインデーって、別にチョコを渡すラブイベントじゃないんでしょ？　日本では製菓会社の仕掛けで始まったとかって聞いたけど。ってことは、チョコレートの王子様の正体は製菓会社の社員？　チョコレートの世界って製菓会社の工場？」

「──ココちゃん。この際、そういう冷静なツッコミは要らないんだよ。チョコレートの王子様はチョコレートの王子様。甘いお菓子の世界から来た王子様。そう思って、さあ始めよう！」

六区に睨《にら》まれつつ、ゲームスタート。

ヒロインのもとにチョコレートの王子様が現れるのは、秋。そこから、少しでも先輩に近づき、二月のバレンタインでハッピーエンドを迎えるため、王子様たちに協力してもらいながらのドタバタストーリーが始まる。

先輩は人気者なのでライバルがたくさんいる。そして、ヒロインの通う学園ではたくさんの行事があり、それらに参加してミニゲームで好成績を残すことで、ライバルを押し退《の》け先輩との親密度が上がるのだ。

先輩とのラブイベントが起こる度、私は適切な能力を持つ王子様を選んで協力を頼み、着々とポイントを稼いでいった。

ドジで引っ込み思案なヒロインをいつも優しく見守ってくれる王子様もいれば、平気で怒鳴る王子様もいる。王子様の性格は様々で、頼み方に気をつけないと協力してもらえない時もある。でもそれぞれの性格さえ把握《はあく》してしまえばこっちのもの。

うまく王子様を利用し、クリスマスイベントやお正月イベントで大きく親密度を上げることが出来たので、先輩のヒロインへの態度も明らかに好意的になっている。これはもう、バレンタインは楽勝と思われた。

果たして――

「――やった！　ほら、先輩チョコもらってくれたよ、告白も成功してハッピーエンド！　ま、もう途中から勝負見えたような感じだったもんね。こういうゲームって初めてやったけど、案外簡単にクリア出来るんだね」

エンドロールを見ながら満足感に浸る私に、

「全然ハッピーエンドじゃないよ！」

と六区が一喝した。

「え？」

「ココちゃんはこういうゲームのやり方を何もわかってないよ」

「え〜？　だって、説明書にもパッケージの裏にも、チョコレートの王子様たちに協力してもらいながら片想いの先輩とハッピーエンドを目指せって。そのとおりの展開でクリアしたよ？」

「違うよ、いくらそう書いてあったって、真に目指すべき展開は他にあるんだ！」

「え、どういうこと？」

　私は訳がわからず首を傾げた。

「ココちゃんは、どうして特典としてここに、王子様たちのイラストカードが封入されてると思ってるの？　パッケージやポスターにだって、先輩は後ろ姿のシルエットだけで、ちゃんと描かれてるのは八人の王子様だけでしょ」

「そういえば……変よね。どうして先輩をちゃんと描かないの？　ヒロインの相手役は先輩じゃないの？」

「だから、そういうことなんだよ」

「そういうこと、って？」

　飽くまできょとんとしている私に、六区はため息をついた。

「まったく、ココちゃんは説明書に書いてあることを素直に信じる性格だから……。このゲームはね、先輩を振り向かせるんじゃなくて、チョコレートの王子様たちと恋をするのが目的なんだよ」

「ええっ？」

私はたまげてゲームのパッケージと六区の顔とを見比べた。

「だって、王子様たちはヒロインの恋を叶《かな》えるために来てくれたんでしょ？　それを横から掻《か》っ攫《さら》うってどうなの？　ヒロインだって、好きな相手がいるのに、そんな簡単に心変わりするなんて――」

「そう、だからそこで悩むんじゃないか。片想いの相手のために頑張るヒロインを、親身になって支えてくれる王子様。いろんな失敗を、時に叱《しか》り、時に励ましながら、ずっと見守ってくれている王子様に少しずつ惹《ひ》かれてゆくヒロイン。先輩への想いはただの憧れで、本当の恋ではなかったのだと気づく。でもチョコレートの王子様は仕事として自分のところへ来ただけ。好きになっていい相手じゃない――」

「そりゃそうだわ。チョコレートの王子様はチョコの精霊なんでしょ？　そんな相手を好きになってもしょうがないじゃない。それとも、やっぱり実は製菓会社の社員だったたってオチなの？　それなら結婚も出来るかもしれないけど」

「そうじゃなくて！　愛があれば種族や世界の違いなんて関係ない、ってことだよ」

「え～」

「王子様それぞれに背景があるし、それぞれのシナリオに見どころがあるんだよ。王子様たちだって、ヒロインへの想いを自覚して苦しむんだ。そこがまた美味《おい》しいところなんだよ！」

「……私、そういうのよくわからない……」

苦笑する私に、六区は「だから、わかるようになるために頑張ろう」と言って再びゲーム機を押しつける。

「今度は先輩なんか放っといて、王子様たちの中の誰かと恋愛展開に持ってくんだよ。途中で重要なフラグがあるからね、分岐に気をつけて」

「フラグって？　分岐って？」

用語がよくわからない。

「その辺は途中で僕がアドバイスするから。とにかく一番好みのタイプから狙ってこう。ココちゃんは誰が好き？」

「誰と言われても……」

ビターチョコの王子様は態度が厳しいから苦手だし、逆にミルクチョコの王子様は甘ったるい台詞《せりふ》を聞いてると歯が浮きそうだし、チョコボンボンの王子様は大人すぎてちょっと踏み込めないし、ホワイトチョコの王子様はさすがにお子様すぎるし……。

「えっと……特に好みの王子様はいない……かな」

「仕方ないなあ、じゃあ僕のお薦めはね、ビターチョコ」

「えー、風紀委員みたいな性格で厳しいし、すぐ怒るし、苦手なタイプなんだけど……」

「そう見えて、実は――というところに攻略し甲斐《がい》があるんじゃないか。本当の彼のことを知ったら、きっとココちゃんだってキュンと来るよ。ラブストーリーを書くコツが摑めるよ。だから、さあ、まずはビター狙いで行ってみよう！」

「え～～」

斯くして、その日から六区による乙女ゲー特訓が開始され、私はチョコレートに埋もれた年末年始を過ごす羽目になったのだった。

チョコレートの王子様がやって来た

　年が明けて、一月二日。六区《ろっく》の熱烈指導の末、私はチョコレートの王子様を八人全員攻略し終え、疲れ果てていた。ゲーム中でいろいろ感動的なラブイベントも起きたけれど、超特急で頑張り過ぎて、もうどれが誰のエピソードだったか、頭がぐるぐるである。

　六区はといえば、またご機嫌に美少女扮装《ふんそう》をして友達と遊びに出かけた。今度は男友達からのリクエストらしい。

　六区が女装するのは、女の子の恰好《かっこう》をした自分が可愛《かわい》いことを自覚しているゆえの悪ノリだ。男の子に生まれたけど心は女の子だから――みたいな真面目な事情は介在せず、最終的に正体がばれた時の周りの反応を楽しんでいる。そんな六区の性格を理解した上で付き合ってくれる友達ばかりというのは、姉として感謝するべきなのか何なのか。

　まあとにかく、疲れたので今日はもう何も考えたくない。両親も揃《そろ》って買い物に出かけてしまったし、私は留守番しながらだらだらしていよう。宿題《ラブストーリー》の組み立ては明日でいいや――。

と、思っていたのに。

ベッドに寝転がってスマホをいじっていたところへ、六区が帰ってきて、部屋の戸口から「ココちゃん、ココちゃん」とひそひそ声で呼んだ。

「なに」

私が起き上がりもせずに返事をすると、六区は部屋に入ってきて言う。

「お客さんを連れて来たんだけど」

「お客？　――って、なに、あんたその恰好」

見れば六区は真っ白なコートの背中に、同じく白い小さな羽を生やしている。

「ああ、これ。玩具《おもちゃ》屋の福袋を買ったら入ってたんだよ。今日ちょうど僕全身真っ白だったし、天使の羽みたいだって面白がって友達がくっつけちゃって」

「玩具の羽？　そんなものくっつけて外歩いてきたの？　恥ずかしいなあ、もう」

「それがさ、この玩具の羽のおかげで思いがけないものが釣れたんだよ。だからココちゃんも来て」

六区に引っ張られるままリビングへ行くと、ソファに知らない男の人が座っていた。というか、ぐったりもたれかかっていた。

小声で訊《たず》ねると、六区は同じく小声で「誰だと思う？」と訊《き》き返してきた。

（わからないから訊いてるんでしょ！）

齢《とし》の頃は、二十代後半くらいだろうか。色白で整った顔立ちに、少し明るく染めた髪。メンズブランドはよくわからないけど、たぶん名の知れたブランドのものっぽいこざっぱりした服装をしている。要するにイケメンだけど、なんだか辺りにお酒の匂いが漂っていて、酔っ払っているようだった。

私が観察しているうちに、酔っ払いのイケメンはソファの背から身を起こすと、今度はテーブルに突っ伏してすすり泣き始めた。

（ちょっと、この変な人、なに……!?）

（友達と別れたあと、公園のベンチで酔い潰《つぶ》れてるのを見かけてさ。話を聞いてみたら面白そうな感じだったんで、連れて来た）

（面白そうだから連れて来た、って……！）

女装した六区はとにかく美少女なので、いくらでも男の人を引っ掛けられるのだ。それにしたって、知らない酔っ払いを家に連れて来ることはないと思う！

（こんな人連れてて、途中で職質されなかったの）

（大丈夫、正月早々振られたお兄ちゃんを慰めている妹、って体《てい》で来たから）

見た感じ、失恋とは縁がなさそうなイケメンだけど……。

そのイケメンは、テーブルに突っ伏したまま、「つぐみちゃん……つぐみちゃん……」「僕が……チョコレートの王子様……」「恋の天使を見つけたよ……」などと訳のわからないことを繰り返しつぶやいている。

（ちょっと、天使が見えるとか、自分のこと『チョコレートの王子様』とか言ってるわよ。絶対関わっちゃまずいタイプの人じゃない！　捨ててきなさいよ）

私が震えながら睨《にら》むと、六区はにやりと笑って、泣いているイケメンに声をかけた。

「あなたのお名前をもう一度教えてください」

「夕凪《ゆうなぎ》……茉凛《まりん》……」

「え⁉」

私は突っ伏しているイケメンを凝視する。サラサラの髪を小刻みに揺らしながらすすり泣いているこの人、今、なんて名乗った？

「夕凪、茉凛です――」

「何度名前を訊いても、そう答えるからさ。試しにイラストを描いてもらったら、ほら」

六区が鞄《かばん》から取り出したのは、玩具屋のチラシ。その裏にはビターチョコの王子様のイラストが描かれ、夕凪茉凛先生のサインまでしてある。

「本物……!? え、この人が夕凪茉凛先生なの？ ていうか、男の人だったの!?」

少女漫画的な絵柄からして、夕凪茉凛先生は当然女性だと思っていた。

「うん、僕も女性だと思ってたからびっくりした。でも、話をしてみたらやっぱり本物っぽいし、放っておけなくてさ。それで連れて来たんだよ」

チョコレートの王子様というか、チョコレートの王子様を描いた人がうちにやって来た……！


――夕凪茉凛先生。

直接的には知らない人だけど、一応知っている人は知っている人気イラストレーターだということと、そして私自身この数日ひたすら見続けていたイラストを描いた人でもあり、警戒心も少しは解けてきた。テーブルに突っ伏したまま泣き疲れて眠ってしまった茉凛先生をリビングに残し、私と六区はキッチンでこそこそ話し合った。

「――それで、茉凛先生はどうして素直にあんたに付いてきたの？」

「なんかさ、僕のことが《恋の天使》とやらに見えるらしいよ。僕を見た途端そう呼んで、ほろほろ泣き出しちゃってさ。『つぐみちゃん、つぐみちゃん』って繰り返すのも気になるし、詳しい話を聞いてみたくもなるでしょ？」

「うん……それは私も気になったけど……」

確かにさっきも茉凛先生は「つぐみちゃん……つぐみちゃん……」と言いながら泣いていた。その「つぐみちゃん」は、もしかして私のクラスの担任・鶫澤《つぐみさわ》つぐみ先生のこと？　宿題の企画に協力してくれるのは、つぐみ先生とは知り合いだったから？　でも、ただの知り合いの名前を泣きながら呼んだりはしないだろう。ふたりには、知り合い以上の何らかの関係があるのだろうとは、いろいろ疎《うと》い私にも察しは付く。

「うちに連れてくる途中でもいろいろ訊いてみたんだけど、茉凛先生、齢は二十八歳で、鷺《さぎ》ノ院《いん》の卒業生だっていうんだよね。大学は外部だったらしいんだけど。それってさ、つぐみ先生と一緒でしょ。これはさ、何かあるよね」

「何か、って……ふたりは同級生で、付き合ってたってこと？　それが、正月早々茉凛先生はつぐみ先生に振られちゃって泣いてる——とか？」

「ううん、僕の勘では、ふたりは恋人関係ではなかったと思う。そういう感じじゃないんだよね——でも、茉凛先生がつぐみ先生のことを好きなのは確かだよ。多忙な人気イラストレータ—夕凪茉凛先生が素人《しろうと》小説の挿絵《さしえ》を引き受けるなんて、弱みを握られてるのでもなかったら、依頼者に特別な感情を持っているとしか考えられないしね」

「じゃあ、茉凛先生の片想い？」

私の問いに六区はゆっくり頭《かぶり》を振る。

「僕が思うに、茉凛先生とつぐみ先生の間には、バレンタインに何か苦い思い出があるんだ。卒業間際、高三のバレンタインなんて怪しいね。そこで何かがあって、卒業後は疎遠《そえん》になっていたのが、最近ひょんなことから再会して、止まっていた時がまた流れ始めた──というところじゃないかな」

「なんで疎遠になってたとかバレンタインに何かあったたって言い切れるの？」

「だって、茉凛先生は『つぐみちゃん』と『チョコレートの王子様』という言葉を何度も繰り返すだろ。あのゲームは二年前に発売されたもので、その後も茉凛先生はいろんな仕事をしてるはず。わざわざ昔の仕事を引き合いに出しながらつぐみ先生の名前を呼ぶってことは、茉凛先生の中であのゲームとつぐみ先生が繋《つな》がってるんだよ。そうなると、つぐみ先生にしたって、突然チョコを絡めたらしくもない宿題を出したのは、茉凛先生と関係があると考えるのが自然だよね。しかも、ゲームが発売された年じゃなくて今頃こんな風に反応するというのは、ずっと疎遠だったのが冬休み前あたりに再会したから、ってことじゃないかな？　とすれば、やっぱりふたりの間でバレンタインに大きなカギになるはずなんだ」

「……」

母親所蔵の少女漫画・小説及び乙女ゲーで育った六区は、少女趣味な妄想《もうそう》が特技だ。見るもの聞くもの、なんでも脳内でラブ展開に持ち込んでしまう。悪癖だと言っていつも叱《しか》っているけれど、今回はなんとなく、説得力があるような気がしないでもない。私としても、担任のつぐみ先生が関わっているかもしれないと思うと、茉凛先生の話をちゃんと聞きたくなってくる。

「もうひとつ、《恋の天使》というキーワードもあるけど……そうだなあ、僕の推理が正しければ、これはつぐみ先生の秘密を暴くことになるかも――」

「え、どういうこと？」

六区は答えずに天使のような微笑《ほほえ》みを浮かべた。

そうしてコートを脱いだ六区は玩具の羽をワンピースの背中に付け直し、リビングへ戻った。そのまま茉凛先生の横に立つと、テーブルに突っ伏していた茉凛先生がふと顔を上げた。

「あ――《恋の天使》……！　夢じゃなかったんだ……？」

「ええ、私はあなたの《恋の天使》。どうしたのですか？　お話を聞かせてください」

六区は余所《よそ》行きの声で茉凛先生にささやく。《恋の天使》とやらのふりをして、茉凛先生から事情を聞き出すつもりなのだ。もともと六区はまだ声変わりしていないので、子供の天使と言い張ればそう見てもらえるかもしれない。ただし、相手に酔いが残っている状況に限られるとは思うけど――。

茉凛先生は赤く潤んだ瞳で六区を見つめたあと、次いで私の方を見た。ビクッとする私を指して、六区が言う。

「ああ、この娘はココ。私が人間のふりをしている時、お世話になっている家の娘です」

「そ、そうなんです。天使様のお世話をしてまして!」

こんな作戦がいい大人相手に通じるかどうか、ハラハラしながら私が上ずった声で挨拶《あいさつ》をすると、茉凛先生は真面目な顔で頷《うなず》いた。

「そうなんですか。やっぱり《恋の天使》は普段、人間のふりをして暮らしているんですね」

信じた――!

酔っているからなのか、元から飛び抜けて純粋な人なのか、どっち……!?

内心うろたえる私の前で、茉凛先生はまたほろほろ涙をこぼした。

綺麗《きれい》な貌《かお》で、綺麗に泣く人だな――と、まるで映画でも見ているような気分になった。

泣き腫《は》らした顔にすら色気を感じさせるほど、とにかく茉凛先生は極上の美青年なのである。そんな茉凛先生に六区は優しくささやく。

「さあ、ここには私たちしかいません。あなたの悩みを聞かせてください」

私も向かいのソファに座って、どうぞどうぞと頷くと、茉凛先生はおずおずと語り始めた。

「僕は、姉と妹に挟まれた環境で育って、一緒に少女漫画を読んだりお絵描きをしたりしているうち、女の子向けのイラストを描くのが趣味になってしまったんです。なんとなく周りには言い出せない趣味だな——と隠しているうち、姉と妹の着せ替え人形になっているせいもあって、何かこう、『ミステリアスでお洒落《しやれ》な人』みたいなイメージを人から持たれるようになってしまって、ますます本当の自分を見せられなくなって——」

しょんぼりと説明する茉凛先生によると、お姉さんは今は美容師、妹さんはショップ店員で、現在も茉凛先生を着せ替え人形にしているのだという。お洒落な髪型もお洒落な服も、茉凛先生自身のセンスではなく、すべて姉と妹によるコーディネイトだったのだ。

なんだか残念な雰囲気を漂わせ始めた茉凛先生は、「それで、『つぐみちゃん』というのは……？」と六区に水を向けられ、つぐみ先生との出逢《であ》いを語った。

「つぐみちゃんが転校してきたのは、中等科二年の二学期でした。大人っぽい雰囲気の美少女で、口数が少なくて近寄り難い感じがして、同じクラスでも僕は口をきいたことがありませんでした。そんなある日、学校の温室で、僕は一冊のノートを拾いました。そこには、《恋の天使》の協力で恋を叶《かな》えるメルヘンチックな小説が書かれていました。人間の世界にこっそり隠れている《恋の天使》は、片想いに悩む人々のもとを訪れて、そっと背中を押してくれるのだと――」

温室の隅《すみ》の、ガラクタ置き場のシートの下。隠されるように置いてあったノートを、偶然見つけてしまった。持ち主の名前はどこにもなかったけれど、温かくて可愛らしい物語が気に入って、思わずノートにイラストを描き入れてしまった。そうして拾った場所に戻しておくと、数日後、物語の続きが書かれたノートがまた同じ場所にあった。

そんなやりとりを数カ月続け、バレンタインデーがやって来た。

「なんというか……バレンタインは苦手なんです。毎年女の子たちがチョコをくれるけど、僕はもともと甘いものは苦手だし、もらったらお返しをしなければならないし、あんまりたくさんもらうと収拾がつかなくなるし……」

イケメンらしい悩みであり、真面目な性格を表す話でもある。茉凜先生は苦笑顔をしてから続ける。

「それで、女の子たちから逃げて温室へ避難してきた時、ちょうどいつもの場所にノートを隠そうとしていた人と鉢合わせしてしまったんです」

「それが『つぐみちゃん』ですか？」

表情の読めないエンジェルスマイルで先回りする六区に、茉凛先生は頷く。私は、「えっ!?」と叫びそうになって慌てて口を押さえた。

――それが、さっき六区が言ってたつ、つ、つぐみ先生の、秘密!?

あの、クールで恋バナに興味のないつぐみ先生が、《恋の天使》のメルヘン小説？　全然イメージじゃない！

「外見のイメージとは全然違うので驚きましたが、それを言うなら、僕も本当の趣味を隠している身。お互いにお互いの実像を知って驚き合ったあと、僕とつぐみちゃんは秘密を共有する仲間になったんです」

茉凛先生は穏やかな微笑を浮かべてつぐみ先生を語る。

「つぐみちゃんは、真面目で不器用な性格なんです。本当は可愛いものが大好きで、漫画やゲームも大好物なのに、他人が自分に対して勝手に抱いたイメージを壊してはいけないと思って、本当の自分を抑えて周囲の求める姿でいようとする――。そんなところに惹《ひ》かれました。僕自身、外見だけで誤解されるタイプなので、つぐみちゃんの気持ちがわかるんです」

「そしてつぐみちゃんもまた、あなたのことをわかってくれた？」

茉凛先生は頷く。

「つぐみちゃんは僕のイラストをいつも褒《ほ》めてくれて、雑誌に投稿するように勧めてくれたのもつぐみちゃんです。その雑誌で賞を獲《と》って、少しずつイラストレーターの仕事をするようになって、つぐみちゃんはそれを自分のことのように喜んでくれました。僕はつぐみちゃんが喜んでくれるのが嬉《うれ》しくて、夢中でイラストを描いていました。でも、高等科の卒業を控えたバレンタインデーに――」

茉凛先生は俯《うつむ》いて言葉を切った。六区もさっき、高三のバレンタインがポイントだと妄想していたけれど、やっぱりそうなのだろうか。

六区に促《うなが》され、茉凛先生は言葉を継ぐ。

「いつものように温室に避難していた僕に、つぐみちゃんがチョコレートをくれたんです。――今まで、そんなことはなかったんです。僕がチョコを苦手なのは知っていて、いつも敢《あ》えてバレンタインのことは無視してくれていたんです。だから僕はびっくりしてしまって、でも、お互い受験がうまくいけば別々に外部の大学へ進むことになっていたし、餞《せん》別《べつ》の意味もある義理チョコかなと思って、受け取ったんです」

茉凛先生は俯きがちに続ける。

「手作りとかラッピングが凝《こ》ってるとかそういう感じでもなかったし、そんなに深い意味があるものとも思わなかったんです。――というか、思わないようにして、冗談めかして『つぐみちゃんから義理チョコもらっちゃった！』って笑って受け取ったら、途端につぐみちゃんの機嫌が悪くなって、それっきり態度も素っ気なくなって――高校卒業後はすっかり疎遠になってしまいました」

私は六区と顔を見合わせた。

それは、義理チョコではなかったのでは……。不器用なつぐみ先生の、不器用な愛の告白だったのでは……。

「その後も不思議とイラストの仕事は続けて入ってきて、忙しい日々が続きました。『チョコレートの王子様』というゲームの仕事をした時、つぐみちゃんの好きそうな物語だなと思いました。もしかしたら彼女もプレイするかもしれない――？　ううん、キャラデザが僕だってわかったら、買わないかもしれない。彼女を喜ばせたくてイラストレーターになったようなものなのに、自分は何をやっているんだろう――と訳がわからなくなったりして……」

茉凛先生はまたほろほろと涙をこぼす。

泣き上戸《じょうご》なのかな、この人。

「──それが、去年の秋……街の書店で、偶然つぐみちゃんと再会したんです」

またしても六区の妄想が当たった！　六区は満足そうなエンジェルスマイルを浮かべている。

「つぐみちゃんはさらに綺麗になって、近寄り難い雰囲気も増していて、咄嗟《とっさ》に何を言っていいのかわからず、挨拶と天気の話しか出来ませんでした。本当は、あの時のチョコはどういう意味だったのか訊いてみたかったのに、どうしても口に出来ませんでした。情けない思いでその場を離れようとした時、つぐみちゃんから引き留められて、イラストの仕事を依頼されたんです」

反射的に依頼を受け、連絡先の交換をしたものの、なんとなくこちらからは連絡出来ず、目の前の仕事を一通り片づけた年明け。ふっと空いた時間につぐみ先生の顔が蘇《よみがえ》り、衝動的に普段は呑《の》まない酒を呑み、ふらふらしたままちょっとコンビニへ買い物に出かけ、途中で気分が悪くなって公園のベンチで休んでいた。そこで、《恋の天使》と遭遇したのだ──と茉凛先生は語った。

うん、結構性質《たち》の悪い酔い方してると思ったら、やっぱり普段はお酒を呑まない人だったんだ。《恋の天使》などというものを信じて、見知らぬ相手にこれだけ個人情報を披露してくれるんだから、まともな判断能力を失っていると言わざるを得ない。お酒は呑まない方がいいと思う、この人。

「つぐみちゃんは、何を考えているんだろう――」

そう言いながら、茉凛先生はまたテーブルに突っ伏してしまった。

何を考えてるも何も、つぐみ先生も茉凛先生のことが好きなんだと思うけど。偶然の再会をそれっきりにしたくなくて、咄嗟に仕事の依頼をしちゃったとかじゃないのかな（で、そのとばっちりが私たちのクラスに飛んできたわけだ）。ラブに疎い私ですら、そう推測出来るというのに、これほどイケメンな茉凛先生がそういう風に考えられないのは何なんだろう。

考えられないというか、考えはするんだろうけど、そんなはずはない――と自分で否定している感じだ。もっと自惚《うぬぼ》れても許されるだけの外見や才能を持ってるのに、変に奥ゆかしいというか自信がないというか、気の弱い人である。

茉凛先生は突っ伏したまま、涙声でぶつぶつ言っている。

「所詮《しょせん》、人気なんて一過性のもので、いつまでも続くとは限らないし……あれから絵柄も少し変わったし、つぐみちゃんも今の僕の絵柄を気に入ってくれるとは限らないし……」

ネガティブな人だなあ――。

自己評価の低いイケメン茉凛先生を見ながら苦笑していると、六区が私の腕を引っ張ってリビングの外へ連れ出した。

「ほらね、大体僕の想像どおりだっただろ」

したり顔をする六区に、私は肩を竦《すく》めて答える。

「そうね、つぐみ先生の趣味には驚いたけど……。どうして《恋の天使》がつぐみ先生の創作だってわかったの？」

「それは、お約束だからだよ。クールキャラや男勝りな女の子が実はメルヘン趣味で可愛いもの大好き♡なのは、一種の様式美ともいえるギャップ設定だからね」

「……そういうメタな考え方がいつも通用すると思ってたら、いつか痛い目見るかもしれないわよ」

憎まれ口を叩く私を無視して、六区は「それより」と話を変えた。

「要するに茉凛先生は、つぐみ先生のためにイラストレーターになったんだよね。ということは、今後のつぐみ先生との関係次第で、茉凛先生はイラストレーターを続ける気力を失ってしまうかもしれない――。冗談じゃないよ、茉凛先生の絵が見られなくなるなんてとんでもない！　なんとしてもふたりをハッピーエンドに持ち込まなきゃ」

「でも、どうやって？　これはゲームじゃなくて現実なんだからね、決められた攻略法とかないでしょ」

「そこは、僕がなんとかするよ。絶対、ふたりをくっつけてみせるさ」

低い声で言って、六区は瞳に挑戦的な光を浮かべた。その表情は、白いワンピースを着ていても、とても女の子には見えない。獲物を狙う獣のようで、こんな時、やっぱり六区は男の子なんだな——と思う（台詞《せりふ》の内容はアレだけど）。

六区は、自分が美少年であること、女装をすれば美少女であることをしっかり自覚していて、それを武器にすることをためらわない。日頃そういう弟を見ている身には、茉凛先生の謙虚《けんきょ》さは新鮮すぎるのだ。彼を見ていて私がもどかしくなるのは、そういうことなんだろう。

リビングに戻った六区は、《恋の天使》ぶりっこで茉凛先生の恋に協力することを約束した。そうこうするうち、両親が買い物から帰ってきて、来客が夕凪茉凛先生だとわかると母がサインをねだり始めた。

結局、茉凛先生は我が家で夕食を共にし、やっと酔いが醒《さ》めたあと、《恋の天使》の正体が少女趣味な中学生男子だと知って驚きながら、タクシーで帰って行ったのだった。

恋の天使にチョコレートを

そうして冬休みが明け、私はなんとか書き上げた宿題の小説を提出した。

それは六区《ろっく》監修（原作と言ってもいい）のもと、茉凛《まりん》先生とつぐみ先生のエピソードを下敷きにした物語である。

学校の温室で拾ったノートをきっかけに、親しくなるふたり。けれどお互いに純情で恥ずかしがり屋で自己評価が低く、高校卒業前のバレンタインで想いがすれ違い、それっきり。ところが《恋の天使》の計らいで、ふたりは十年ぶりに再会する。そこで規定枚数に達したこともあり、ふたりの今後はご想像にお任せ——という終わり方になっている。

宿題を提出してから数日経《た》った放課後、私はつぐみ先生に声をかけられた。

「鷺沼《さぎぬま》さん、ちょっといい？　えぇと……ね、宿題の小説のことなんだけど——その、あのね、着想のきっかけとか……よかったら教えてもらえない——かしら」

クール美人のつぐみ先生が、いつになく歯切れの悪い喋《しゃべ》り方だった。それはそうだろう。

誰も知らないはずの自分と茉凛先生のエピソードを、生徒が小説にして書いてきたら、びっくりどころではない騒ぎだと思う。

　だから六区の計画では、こんな風につぐみ先生から話しかけられるのは計算どおりのことだった。私は六区が書いた台本を心の中に広げ、この状況で返すべき言葉を返した。

「あ、すみません。今日は家の用事で、急いで帰らなきゃならないんです。明日でもいいですか？」

「え、あ、そうなの。それじゃ仕方ないわね、じゃあまた明日——」

　拍子抜けと苦笑いが混じったような表情をするつぐみ先生に、私は声を潜《ひそ》めて付け足す。

「あ、でも、ちょっと人に聞かれたくないというか……なので、明日の放課後、温室でお話しするということでいいですか」

「え」

　つぐみ先生は戸惑った顔をしたけれど、私はそれに気づかないふりをして、足早にその場を去った。

　そして本当に急いで家に帰った私は、六区に首尾を話した。六区はにやりと笑い、私のスマホで友達や茉凛先生に連絡を取った（六区は携帯電話を持っていないのだ）。一頻《ひとしき》り打ち合わせをしたあと、六区はまた楽しそうに微笑《わら》う。

「じゃあ明日、ドジを踏まないようにね、ココちゃん。つぐみ先生をちゃんと、指定のポジションに立たせるんだよ」

「……やってみるけど、本当にこんなこと、成功するのかな」

私は半信半疑で首を傾《かし》げるけれど、

「大丈夫、絶対うまくいくから」

六区は自信満々に頷《うなず》くのだった。


翌日の放課後、私は六区に言われたとおり、学校の温室でつぐみ先生を待った。

隣接する高等科と中等科の間にある温室は、大きなガラス製の建物で、冬でもたくさんの植物が青々とした葉を広げ、色とりどりの花を咲かせている。

今日は六区が裏で手を回し、この時間は園芸部の生徒たちもここへ近づかないはずだった。天使の美貌《びぼう》を活用して、学園内に無駄に広い人脈を持つ六区は、そういうことを簡単にやってのけてしまうから恐ろしい。

私は温室の隅《すみ》、南国の木々が茂る一角に陣取り、やがてやって来たつぐみ先生をこちらへ手招きした。

つぐみ先生は少し居心地の悪そうな素振りを見せつつも、探るような口調で訊《き》いてきた。

「鷺沼さん、人に聞かれたくないって、どういうことなの……？　あの小説は、鷺沼さんが考えたお話なんでしょう？」

「それはそうなんですけど、ちょっと事情があるというか――」

「事情って？」

「それが……あの、ちょっと言いにくいというか、信じてもらえるかわからないんですけど――」

　私が思わせぶりに話を引き延ばしていると、

『――つぐみ』

『つぐみ』

　不意にどこからか、ささやくような声が繰り返しつぐみ先生を呼んだ。

「!?」

　つぐみ先生は驚いて周囲を見回す。

　それは女の子とも大人の女性とも取れるような不思議な声で、決して大きな声ではないのに温室中に響き、ただつぐみ先生を呼んでいる。

『つぐみ』

『つぐみ』

「誰……!?　どこにいるの？」

顔をきょろきょろ動かすつぐみ先生に、私は努めて平静を装い、「どうしたんですか」と訊《たず》ねた。

「鷺沼さん、あなたには聞こえないの？」

「何がですか？」

「声よ、どこからか私を呼ぶ声が——」

「声？　何も聞こえませんが」

「えっ——」

つぐみ先生が絶句している間にも、『つぐみ』『つぐみ』と呼ぶ声は温室中に響く。

私はこれが聞こえないふりをする役目なのだ。

つぐみ先生との話を翌日に延ばしたのは、六区が温室に細工する時間を稼ぐため。あのあと六区は、ろくでもないことに付き合ってくれる悪友たちを総動員して、この温室に変声機やらスピーカーやらを仕込んだ。大きな木が多いトロピカル植物コーナーでつぐみ先生と話すように指定してきたのも、機材や自分たちの姿を隠しやすいからだ。そう、変声機を通してつぐみ先生を呼んでいるのは六区である。傍《そば》には茉凛先生も潜んでいるはずだった。

そして、もちろん六区の企《たくら》みは、ただつぐみ先生を驚かすだけではない。恐慌状態《きょうこうじょうたい》に陥《おちい》っているつぐみ先生の頭上に、ふと影が差した。大きなヤシの木の葉陰《はかげ》に、白い羽を生やした天使のようなシルエットが見えた。

「！」

つぐみ先生は目を疑うように両目を擦《こす》った。不思議な声がまた響く。

『つぐみ……私はあなたのためにやって来た《恋の天使》です』

——ああ、とうとうインチキが名乗ってしまった！

もちろんあの天使の人形も、六区の仕込みである。いい大人がこんな茶番に騙《だま》されるわけがないと私は止めたのだけれど、六区は絶対大丈夫と言い張り、強引にこの作戦を押し切ったのだ。

とにかく、ここまで来たらもう後戻りは出来ない。何も聞こえない、何も見えないふりをするのが私の仕事。必死にきょとんとした顔を作って上を見上げる。

「先生、上に何かあるんですか？」

「鷺沼さん、本当に見えないの？　あれが——あの、天使の姿が——」

「天使？」

「そうよ、《恋の天使》よ。本当にいたんだわ——！」

つぐみ先生は、紅潮した頬《ほお》に両手を当て、キラキラ潤む瞳で天使のシルエットを見つめている。

――信じた⁉

まさかいい大人が信じるわけないと思ったのに……⁉

茉凛先生みたいに酔ってるわけじゃないよね、やっぱり底抜けに純粋なだけ⁉

今度はむしろ私の方が動揺を深め、つぐみ先生はぽうっとした表情で《恋の天使》の声を聞いている。

『つぐみ……私はあなたのためにやって来ました。あなたには叶《かな》えたい恋があるのではないですか？　今度こそ、と思っている恋が――』

「天使様――」

つぐみ先生は目の前にいる私の存在など忘れ果てたように、茉凛先生とのことをつらつらと話し始めた。

「私が鷺《さぎ》ノ院《いん》学園に転校してきたのは、中学二年の二学期でした。転校前もそうだったのですが、やっぱり外見が老けているせいで大人っぽく見られ、ただ口下手なだけなのにクールな性格だと思われ、そのイメージを裏切れなくて、周囲が求めるキャラクターを演じていました。本当の私は、可愛《かわい》いものが大好きで、少女漫画や乙女ゲーに夢中で、自分でメルヘンな物語を考えては書き散らかすような子なのに。

転校してきてすぐ、この大きな温室を気に入りました。こういう温室で恋が始まったお話を読んだこともあるし、暇さえあれば温室の隅でいろいろ想像を膨らませ、思いついたストーリーをノートに書き連ねるようになりました。

そんなある日、いつものように温室で小説を書いていたところ、クラスメイトが捜しに来たので、慌てて傍に敷かれていたシートの下にノートを隠して外に出ました。

その後、また温室へノートを取りに戻ると、シートの下にノートはありませんでした。私は真っ青になりました。名前は書いていなかったので私のノートだとはわからないだろうけど、《恋の天使》なんてメルヘン丸出しなあの物語を人に読まれてしまったらと思うと恐ろしい。ううん、もしかしたら、筆跡から私のものだと見当を付けられることもあるかも――。

それから数日、私は生きた心地がしないまま、ノートが気になって温室を覗《のぞ》き続けました。そうしてある日、同じ場所にノートが置いてあるのを見つけたのです。中を見ると、可愛いイラストが描かれていました。誰かはわかりませんが、私の小説を読んで挿絵《さしえ》を付けてくれたのです。

無性に嬉《うれ》しくなって、私は物語の続きを書き、思い切ってまた同じ場所に隠して帰りました。すると数日後、新しいイラストが描かれたノートがそこに置かれていたのです。

お互いに相手が誰だかわからないまま、物語とイラストで交流する楽しい日々が続きました。

そして数カ月が経ったバレンタインデーの放課後、いつものように物語の続きを書いたノートを隠しに温室へ行くと、そこにちょうど同じクラスの男の子がやって来たのです。

彼は目白真凜《めじろまりん》くんといって、とても綺麗《きれい》な顔立ちをした子で、でも人と馴《な》れ合うことがあまりなくて、ミステリアスな美少年として知られていました。私は咄嗟《とっさ》に素知らぬ顔でノートを背中に隠しましたが、真凜くんは驚いた顔で、そのノートは私のものかと確認してきました。

びっくりしました。私のメルヘン小説に可愛いイラストを描いてくれていたのは、真凜くんだったのです。

話をしてみると、お互いに周囲から勝手なイメージを抱かれて苦労している仲間だとわかりました。モデル張りの神秘的な美少年・真凜くんは、本当は可愛いイラストを描くのが大好きな男の子だったのです。私たちは秘密を共有する同志となりました。

私の小説は自己満足の域を出ませんが、真凜くんのイラストはプロ級だと思いました。

どこかに投稿してみるべきだと勧めて、高二の時、それが雑誌の賞をもらった時には自分のことのように嬉しかった。真凛くんには少しずつイラストの仕事が入るようになって、そのひとつひとつが私にとっても宝物になりました。いつか、乙女ゲーのキャラデザとかも出来たらいいね、絶対買うから！　と私ははしゃいでいました。

真凛くんのことを好きになっている自覚はありました。

でも、ゲームや小説の中ならともかく、現実での告白なんてどうすればいいのかわからなくて出来ませんでした。今の関係が壊れてしまうかもしれないのも怖かった。こんな自分にこそ、《恋の天使》が協力してくれればいいのにと思いました。

こっそり悩み続けていたものの、高校生活も押し迫ってくると、さすがに覚悟を決めなければならないという気持ちにもなってきました。真凛くんとは卒業後の進路は別々になるだろうし、告白するなら今しかないとはわかっていました。

だから、高校最後のバレンタイン、思い切って真凛くんにチョコを渡すことにしました。真凛くんがチョコを苦手にしていることは知っていたけど、想いを告白するきっかけとしては、やっぱりバレンタインデーを利用するしかないと思ったのです。

ただ、あんまり気張って手作りとか高級チョコを渡すのも恥ずかしかったので、そこそこのものを選んだのが悪かったのか、真凛くんは頭から義理チョコだと思っているようでした。そう取られてしまうと、違うとも言い出しにくく、結局告白は出来ませんでした。

それ以降は、悔しいやら悲しいやら恥ずかしいやらで意地になってしまって、まともに真凛くんと接することも出来ないまま、卒業を迎えました。

そのまますっかり真凛くんとは疎遠《そえん》になり、私は大学卒業後、母校の鷺ノ院で教師になりました。やっぱり外見からのイメージでクールなキャラだと思われながら、でも真凛くんがイラストを担当した作品はすべてチェックしていました。

二年前、『チョコレートの王子様』というゲームも買いました。私のところにも、チョコレートの王子様が来てくれればいいのにと思いました。ゲームの趣旨《しゆし》とは違うかもしれないけれど、私だったら片想いの相手との恋を叶えて、それでおしまいにするのに。

結局、このゲームは、片想いの相手とのハッピーエンドばかり繰り返して、チョコレートの王子様たちの攻略はしませんでした。そういうユーザーがいてもいいと思いました。私以外にも、そんな女の子はきっといると――。

卒業後、何度かあった高校の同窓会も、真凛くんと顔を合わせるのが怖くて行かないまま、去年の秋のことでした。街の書店で、偶然真凛くんと再会しました。

久しぶりに会った真凛くんは、すっかり洗練されたイケメンになってしまっていて、でもこれも相変わらずお姉さんと妹さんにコーディネイトされてるだけなのかなと思うと、少し可笑《おか》しくなったりもして、何を言っていいのかわからないまま、適当な挨拶《あいさつ》だけを交わして別れそうになりました。

その時、咄嗟に口が動いて、「仕事をお願いしたいんだけど」と真凛くんを引き留めました。学校の宿題でチョコレート・アンソロジー小説を企画しているから、挿絵をお願いしたいと。頭の中はパニック状態で、本当に口が勝手に喋っている感じでした。スケジュールならなんとかなると言って、真凛くんは私の依頼を受けてくれました。

あとは、口から出まかせの仕事を真実にするしかない――。私は本当にそれを冬休みの宿題にしました。学校の宿題で恋愛小説を書けなんて無茶だとは思いましたが、せっかく真凛くんにイラストを描いてもらうなら、ラブストーリーが一番合うと思ったのです。

挿絵を描いてくれるのはイラストレーターの『夕凪《ゆうなぎ》茉凛』だと言うと、一部の女子生徒がざわつきました。自分のクラスの子が彼を知っているのだと思うと、有名になった真凛くんが誇らしく、内心の嬉しさを隠すのが大変でした。

でも、彼との繋《つな》がりをとりあえず作ったはいいものの、これからどうしよう？　依頼の確認に託《かこつ》けて連絡を取り、さりげなく彼がまだ独身であることは探り出したけれど、彼女の有無まではさすがに訊けませんでした。

彼が優しい性格なのはわかっているし、忙しい中、同級生の誼《よしみ》で仕事を受けてくれたのだと思います。それはそれとして、十年前のことを彼はどう思っているのか。あのバレンタインデーから急に態度がおかしくなった私のことを、どう思っているのだろう――。

今後のことを悩みながら、冬休みが明けました。宿題の小説が提出されてきて、その中の一作を読んで驚きました。学校の温室を舞台に繰り広げられる、まるで私と真凛くんそのもののようなお話があったのです。

――一体、どこからこのネタを？

気になってたまらなくて、それを書いた生徒に着想のきっかけを訊ねました。すると、人に聞かれたくない事情があると言って、この温室へ誘われたのです――」

一通りの経緯《いきさつ》を語り終えたつぐみ先生は、改めて私を見た。やっと、私の存在を思い出したという顔だった。

「……鷺沼さん、あなたはどうして、あの物語を――？」

それに関しては、天啓《てんけい》の如《ごと》く突然閃《ひらめ》いた、まるで神の声のように物語が降ってきて、それを書いただけ、でもそんなことを言っても信じてもらえるか――という風に答えろと六区に言われている。暗に、《恋の天使》の啓示によって書いたのだとつぐみ先生に思い込ませろ、ということだ。

私がまた台本どおりの台詞《せりふ》を言おうとした時だった。近くの茂みの陰から、茶髪のイケメンが転がり出てきた。

「つぐみちゃん……！」

「え、真凛くん……!?」

つぐみ先生は瞳《め》を丸くして茉凛先生を見つめ、私としても、台本にない展開になってしまったので開きかけた口を噤《つぐ》んだ。

今日のところは、メルヘン展開のどさくさでつぐみ先生の気持ちを確認するのが目的で、それを踏まえて今後の動き方は改めて考える――ということになっていたのに。つぐみ先生の本心が嬉しくて、茉凛先生は隠れていることが出来なくなってしまったのだろう。それは確かに茉凛先生としては嬉しいだろうけど、ここで出て来られてしまったら、事態をどう収拾すればいいのか……！

頭を抱える私を通り越して、つぐみ先生は茉凛先生に訊ねる。

「真凛くん、どうしてここに……？」

「えっと――その、そう、《恋の天使》に連れてきてもらったんだ。突然、ふわーっと、魔法みたいな力で――」

なんとかメルヘンな方向で言い繕《つくろ》おうとした茉凛先生だったけれど、嘘《うそ》をつけない性格らしく、途中で諦《あきら》めたようにため息をつき、茂みの奥にいた六区を引っ張り出してきた。

「――中等科の、鷺沼六区くん?」

天使のような美少年・六区はトラブルメーカーとしても学園内で有名なので、つぐみ先生も顔は知っていたらしい。訳がわからないというように六区を見つめたつぐみ先生は、やがて茂みの奥に大仰な音響機械を見つけ、途端に表情を険しくした。

「これは、どういうこと……!? 全部悪戯《いたずら》なの!? あの天使も!?」

「あれは人形に玩具《おもちゃ》の羽を付けただけですよ」

六区は悪怯《わるび》れない表情でヤシの木を見上げる。

「――」

こめかみを押さえて沈黙したつぐみ先生は、しばらく考えて大体の事情を察したらしく、茉凛先生をキッと睨《にら》んだ。

「真凛くん、あなたが十年前のことをこの子たちに話したのね? うちの生徒をこんなことに巻き込むなんて、何考えてるの!」

「ご、ごめん……。なんというか、なりゆきで――」

イケメン茉凛先生は首を竦《すく》めて謝る。

「なりゆき!? どんななりゆきがあったら、こんな悪戯をしようなんて話になるの」

「悪戯じゃないよ、僕はつぐみちゃんの気持ちが知りたくて――」

「私の気持ち、って」

つぐみ先生はそこでぷつっと言葉を切り、さっき《恋の天使》に向かって語ったことを思い出したようだった。

「～～～～っ」

一気に顔を真っ赤にすると、私と六区に向かって叫ぶ。

「お願い、ここで聞いたことは口外しないでちょうだい！」

私は当然そのつもりでいたのでこくこくと頷いたけれど、六区は不敵な笑みを浮かべてつぐみ先生を見る。

「黙っていて差し上げてもいいですが、その代わり、条件があります」

「条件？」

つぐみ先生は眉間《みけん》に皺《しわ》を寄せ、私も何を言い出すのかと六区を見遣《みや》った。

「十年前の茉凛先生とのバレンタインをきちんとやり直すこと。それと、ココちゃんの作品を優秀作に選ぶこと――。この条件を呑《の》んでくださるなら、僕は誰にも今日のことを話しませんよ」

「ちょっと六区、何考えてるの、先生を脅す気!?」

つぐみ先生が反応するより先に、私は六区を怒鳴りつけた。

けれど六区は悪怯れない顔でつぐみ先生に言う。

「どっちも別に難しいことじゃないですよね？　茉凛先生に対してはただ素直になるだけだし、チョコレート・アンソロジーの掲載作を選ぶのも先生自身だし。他の誰かに迷惑をかけるわけでもない、先生ひとりの裁量でどうとでもなることでしょう」

「――……」

つぐみ先生はくちびるを噛《か》んでしばし沈黙したあと、低い声で六区に訊ねた。

「あなたは、どうしてそんなことを私に望むの？　真凛くんと共謀《きょうぼう》してるの？」

その言葉に茉凛先生はぶるぶる頭《かぶり》を振り、六区は明るい声で答える。

「すべて僕が考えたことですよ。僕は夕凪茉凛先生の大ファンなので、姉のココちゃんが書いた小説にイラストを付けてもらえたら嬉しいし、つぐみ先生にずっと片想いしている茉凛先生の恋も応援したい、つぐみ先生と茉凛先生は非常に美味《おい》しいカップルなのでぜひくっつけたい。それだけのことです」

「くっつけたい、それだけのこと、って――」

さらっと茉凛先生の気持ちを教えられ、つぐみ先生は絶句した。その横で私も苦笑いする。六区、あんた自分の欲望に正直すぎるわよ――！

でも、わかった。六区は初めからこの展開を読んでいたのだ。《恋の天使》ごっこをそのままメルヘンで終わらせる気はなくて、つぐみ先生の気持ちを聞いた茉凛先生が飛び出して行くこと、それでつぐみ先生を我に返らせ、こんな条件を出して先生を脅すところまで計画の内だったのだ。

悟った表情をしている私に、六区がこそっとささやく。

（だってしょうがないだろ。この純情すぎる大人ふたりは、誰かが突《つ》いてやらないと先へ進めないんだから。ラブ展開を美味しい方向へ導くためなら、僕は天使にだって悪魔にだってなるよ）

確かに、茉凛先生はともかく意地っ張りなつぐみ先生にしてみれば、こんな交換条件を出された方が、仕方がないと思って動きやすいのかもしれない。恋の天使だか悪魔だかわからないものに脅されて、それでもふたりの仲が進展するならいいのだろうか……？　何にせよ、ふたりが両想いなのは確かなのだから。

ふてぶてしい美少年の《恋の天使》を、つぐみ先生はしばらく睨んでいたけれど、やがてふうっと大きくため息をついた。

「――わかったわ。条件を呑むから、黙っていてちょうだい」

六区は天使の美貌に微笑《ほほえ》みを浮かべ、「かしこまりました」と気取ったお辞儀をした。

そんな六区にもう一度ため息をついたつぐみ先生は、いささか開き直った表情で茉凛先生に向かって訊ねた。

「真凛くん——私が十年前にあげたチョコは、結局どうなったの？」

「あ、あれは——どう受け取っていいのか悩んだまましまい込んでいたら、何年か経って、部屋を勝手に掃除した母親が『賞味期限の切れたチョコがあったから捨てといたわよ』と……」

「ええっ？」

「ごめん、今度はちゃんとすぐ食べるから！　だから——また僕にチョコをくれる？」

中身は残念だけど見た目だけはとにかく極上のイケメンにチョコをねだられ、

「……しょうがないわね、もう」

プンと横を向くつぐみ先生の表情は、けれど決して怒ってはいなかったのだった。

そうして明日はバレンタインデー。

「まさかふたりの様子を覗きに行くとか言わないわよね？」

恐る恐る訊ねる私に、六区は意味深な笑顔を向けた。

「覗きには行かないけど、もしまたつぐみ先生の意地っ張りか茉凛先生の残念な純情が発動してうまくいかなかったら、引き続き《恋の天使》が協力してあげなきゃいけないね」

　この物見高い《恋の天使》は、どこまで人の恋路に首突っ込む気なの!?

「それはそうと、ココちゃんは誰かにチョコあげるの？」

「別に、いつもみたいに友チョコだけよ」

「え、僕にはくれないの？」

「あんたとお父さんにもちゃんとあげるわよ。友チョコと一緒のやつだけど」

　どうせ六区は茉凛先生みたいに女の子から逃げて温室に隠れるような可愛げはないから、今年も大漁だろう。私からねだらなくてもいいだろうに。

　ふん、と横を向く私に六区が言った。

「ココちゃんに好きな人が出来たら、僕が《恋の天使》をやってあげるからね」

　冗談じゃない！　こんな、悪魔のような天使に首を突っ込まれるくらいなら、一生恋なんかしなくていいし――！

花わずらい

はるおかりの

the SECRET CHOCOLATE
is SWEET and
BITTER...DELICIOUS!

written by Rino Haruoka

「住みかえ!?　わたしが!?」

御内所《ごないしょ》（楼主《ろうしゅ》の居間）が弾《はじ》け飛ぶような声で言い、小菊《こぎく》はかっと目をむいた。

「彩葉楼《いろはろう》の二枚目、この小菊花魁《おいらん》を河岸見世《かしみせ》に売っぱらおうっていうんですか!?」

十八で初見世《はつみせ》に出てから丸三年。足抜けもせず、大病もせず、情夫《まぶ》も持たず、せっせと働いて玉代《ぎょくだい》を稼いできたのに、あんまりじゃないか。

「だれが河岸見世に行けと言ったかね」

五十がらみの楼主はからからと笑って煙草《たばこ》に火をつけた。

「住みかえ先は夕星楼《ゆうづつろう》だよ」

「えっ!?　あの大見世《おおみせ》の!?」

「大見世も大見世、角海老《かどえび》や大文字《だいもんじ》と肩をならべる吉原《よしわら》の大籬《はな》さ」

「どうしてわたしがそんな大楼《たいろう》へ？」

「最近、夕星楼は不幸つづきでね、縁起なおしによその売れっ妓《こ》を引きぬきたいそうだ」

夕星楼のお職《しょく》は出産中に死亡、二枚目花魁は心中、三枚目花魁は花柳《かりゅう》病にかかって入院中。稼ぎ頭《がしら》を次々に失った夕星楼の楼主はほとほと弱っているという。

「先方からの直々《じきじき》のご指名だ。彩葉楼からは小菊花魁を出すことにしたよ」

「小菊さんは運がいいわ。うちみたいな中見世《ちゅうみせ》から夕星楼のような大楼に引きぬかれるなんて、そうそうあることじゃありませんよ」

太りじしの女将《おかみ》がふくふくしい顔で笑う。

「大事な二枚目を取られるのは惜しいけどね、小菊さんが夕星楼で売れっ妓になってくれりゃあ、うちにも箔《はく》がつく。どうだい、花魁。行ってくれるかい」

「もちろん行きます！」

小菊はぱあっと笑顔になった。畳に両手をついてお辞儀をする。

「お父さん、お母さん。短い間でしたが、たいへんお世話になりました」

「およしよ。大見世に鞍替《くらが》えしようって娼妓《ひと》が畳に手をつくものじゃありませんよ」

「そうだとも。つんと澄《す》まして威張っていてこそ花魁だ」

煙草の灰を落とし、楼主は金歯をきらりと光らせた。

「おまえさんほどの器量なら、夕星楼のお職も夢じゃあない。これまで以上にしっかり働いて、大輪の花ァ咲かせてくださいよ」

はい、と小菊は元気よく返事をした。

吉原は幾度となく火災に見舞われている。とりわけ明治四十四年の大火はすさまじかった。紅蓮《ぐれん》の炎が十時間にわたって廓内《くるわ》を焼きつづけ、三百余戸《よこ》の貸座敷《かしざしき》（遊女屋）、百をこえる引手茶屋《ひきてぢゃや》など、およそ六千五百戸が烏有《うゆう》に帰した。

だが、この大火も明暦《めいれき》からつづく新吉原《しんよしわら》の灯《あか》りを滅ぼすことはできなかった。焦土《しょうど》と化した歓楽の都は、わずか数年で息を吹きかえし、かつての華やぎをとりもどした。星の数ほどの貸座敷が妍《けん》を競い、提灯《ちょうちん》や洋灯《ランプ》が妖《あや》しくきらめきわたり、三味線《しゃみせん》や流行《はや》り唄《うた》が響きわたる嬌艶《きょうえん》なる不夜城《ふやじょう》はしかし、今はまだ陽《ひ》だまりに溺《おぼ》れている。

正午。中見世や小見世《こみせ》では昼見世《ひるみせ》がはじまる時刻だ。

朋輩《ほうばい》たちにあいさつをすませた小菊は、楼主夫妻や雇人たちへのねんごろな暇乞《いとまご》いのあとで、江戸町《えどちょう》一丁目の彩葉楼を出た。向かう先は江戸町一丁目の夕星楼である。

吉原の中央を貫く仲之町《なかのちょう》には桜が植えられている。小菊は満開の桜を見上げながら仲之町を横切った。江戸町一丁目に入り、大文字楼の前を通って夕星楼にたどりつく。

夕星楼は西洋風の四階建て。門には瓦斯《ガス》灯がついており、広い玄関の上には洒落《しゃれ》た露台《バルコニー》がしつらえられ、白粉《おしろい》を塗ったような壁に色ガラスを入れた窓が行儀よくならんでいる。雀色時《すずめいろ》、軒《のき》につるされた洋灯がぽうっと光りはじめると、さながら湯上がりの花魁がしどけなく横たわっているかのようだが、燦々《さんさん》と陽光が降り注ぐ昼間は、昨夜のつとめに疲れ果てた花魁が寝乱れた姿のまま布団に身を投げ出しているように見える。

現にこの時刻は、夕星楼の花魁たちも眠りこけているころだろう。夕星楼では昼見世を行わないので、花魁たちは午後二時ごろにようやく目を覚ます。

新参者の礼儀として、小菊はまず御内所にあいさつに行った。

「玉扇《たまおうぎ》花魁、これからよろしくお願いしますよ」

夕星楼の楼主は玉扇という源氏名《げんじな》を小菊にさずけた。むろん、小菊も本名ではない。彩葉楼でつけられた源氏名だ。吉原細見《さいけん》には花魁の本名も記載されているが、すでに堅気《かたぎ》ではなくなったので、ふだんから本名は極力使わないことにしている。

御内所を出たあと、やりてに案内されて楼《みせ》の中を見てまわる。やりてはおばさんと呼ばれており、娼妓《しょうぎ》たちを管理、教育する係。たいてい娼妓あがりである。

「ここは男部屋、こちらが女部屋、こっちは夜具《やぐ》部屋、ここは髪部屋《かんべや》……」

男部屋は男衆の部屋、女部屋は女衆の部屋、髪部屋は花魁たちの休憩部屋だ。

「食堂は向こう、花魁たちのお風呂場はこちら、あちらの小さいほうがお内儀《かみ》さんのお風呂場。それからこの廊下のつきあたりがお台所」

やりてが台所を指し示したとき、食堂のほうからお仕着せ姿の女が折敷《おしき》を運んできた。折敷には茶碗《ちゃわん》が山積みになっている。花魁たちの昼食の後片付けをしているらしい。

「ちょいとお待ちよ、お岩《いわ》さん。こちら、彩葉楼から住みかえしてきた玉扇花魁だよ。じきにうちのお職になるかもしれない娼妓《ひと》だからね、よろしく頼みますよ」

お岩と呼ばれた女は軽く会釈《えしゃく》した。火傷《やけど》だろうか、顔半分がむごたらしく崩れている。

「あの人はね、昔うちのお職だったんだよ」

お岩の背中を見送りながら、やりてはひそひそと言った。

「先代のおばさんに聞いたんだけどさ、白露《しらつゆ》花魁といってね、お大尽《だいじん》をたくさんお馴染《なじ》みに持って、そりゃあ大名《だいみょう》のお姫さまのように優雅な暮らしぶりだったそうだよ。ま、過去の栄光ってやつだね。あの顔、見たかい？　右半分が焼けただれて無残なもんさ。火事のあと、すっかり客足が遠のいちまってね。住みかえさせようとしたら、本人が下働きでもいいから夕星楼に置いてくれって頼みこんだらしいよ」

台所のほうから茶碗が割れる音がした。やりては忌々《いまいま》しそうに舌打ちする。

「お岩さん！　あんた、いったいいくつ茶碗を割るつもりだい!?　そんなもんだってタダじゃないんだからね、いい加減にしておくれよ！」

すみません、とお岩が謝る声がする。

「まったく、困ったもんだ。このごろ、いくつも割ってるんだよ。どうも手もとが危なっかしくてね。前はここまでそそっかしくなかったのに、年のせいかねぇ。やだやだ。年はとりたくないよ。さて、次は二階へ行こうかね。うちの引きつけ座敷はね、角海老さんや大文字さんより立派だよ」

やりてはとんとんと梯子段《はしご》をのぼっていく。

ひととおり楼の中を見てまわり、古参の花魁たちにあいさつしてまわったあと、玉扇は台所をのぞいてみた。お岩は床を這《は》いつくばって掃除していた。

「お岩さん、具合が悪いんじゃない？」

玉扇が声をかけると、お岩は焼けただれていないほうの目を怪訝《けげん》そうに細めた。

「顔が赤かったし、足もとがふらついてたから、熱でもあるんじゃないかと思って」

「いいえ、平気ですよ」

「平気じゃないでしょ。ほら、こんなに熱いじゃない」

玉扇はお岩のひたいに触れた。そこは火傷しそうなほどに熱を持っている。

「わたしの使い古しで悪いけど、これ、あげるわ。けっこう効くわよ」

風邪薬を手渡す。薬は高価だ。下女《げじょ》の稼ぎではとても手が出せない。

「いいんですか？　花魁だって、いざってときには必要でしょうに」

「大丈夫。必要になったらまた買うから」

「それじゃあ、遠慮なく。ああ、助かった。熱が下がらなくて困っていたんですよ」

「親切の見返りを要求するつもりじゃないけど、できればわたしのごはんはちょっとだけ多めにしてくれない？　わたし、大食らいなのよ」

ほかの下女に聞こえないよう声をひそめると、お岩はかすかに口もとをゆるめた。

「わかりました。でも、秘密ですよ。ほかの花魁たちも大食らいなんですから」

化粧っけのない顔ににじんだ笑みは、昔日《せきじつ》の美貌《びぼう》を偲《しの》ばせた。


住みかえから半月も経《た》つと、夕星楼のつとめにも慣れてきた。彩葉楼で働いていたころよりはずいぶん楽だ。なにしろ張見世《はりみせ》はないし、昼過ぎまでぐっすり寝ていられる。通りに面した格子《こうし》付きの座敷に花魁たちが居並んで客を待つことを張見世、あるいは見世を張るという。本来、大見世では見世を張らない。

吉原大火以降、大見世でも張見世を行うところが出てきたが、夕星楼では昔ながらのしきたりを守り、引手茶屋を通した客——茶屋口《ちゃやぐち》の客しか受けつけていない。

客筋はよく、政府高官や会社の重役、銀行の頭取《とうどり》や大店《おおだな》の旦那《だんな》、将校など、羽振りのよい嫖客《ひょうかく》ばかり。毎晩、芸者や幇間《ほうかん》のにぎにぎしい声が大広間からあふれてくる。

「花魁、支度はまだかい。お初会《しょかい》さんがお待ちかねだよ」

「ちょうど終わったところですよ。おばさん、この色どう？　似合うかしら」

玉扇は右手で裲襠《しかけ》（打掛）の褄《つま》をとり、姿見の前でゆるりと回ってみせた。前結びにした帯が揺れ、艶《あで》やかな牡丹《ぼたん》が咲き乱れる朱鷺色《ときいろ》の裲襠の裾《すそ》から、揚羽蝶《あげはちょう》がひらひらと舞い躍《おど》る赤い長襦袢《じゅばん》がこぼれる。うっすら白粉を塗った素足がちらちらと顔をのぞかせると、きらめく綺羅《きら》の色彩がいっそう引き立つようだ。

「きれいだねえ。女のあたしでも惚《ほ》れ惚《ぼ》れするよ」

たっぷりと眺めたあと、やりては玉扇の肩を小突いた。

「今夜はやけにめかしこんでるじゃないか。お待ちかねだったのは花魁のほうかねえ」

「いやだわ、おばさん。ふだんどおりですよ」

横兵庫《よこひょうご》に結いあげた黒髪には鼈甲《べっこう》の櫛《くし》と簪《かんざし》、珊瑚《さんご》の玉簪を挿《さ》している。唇はあざやかな猩々緋《しょうじょうひ》に染め、目元にはほんのり紅《べに》をのせた。とくべつにめかしこんでいるつもりはないけれど、浮きたつ心は隠せないのか、いつもよりおもてが上気している。

「まあ、無理もないね。うちではお初会さんだけど、玉扇さんにとってはお馴染みですものねえ。わざわざ住みかえ先にまで追いかけてきてくださったんだ、さきさまはおまえさんにぞっこん惚れていらっしゃるよ。でもね、玉扇さん。廓の礼儀を忘れてもらっちゃ困りますよ。花魁は恋を売るのが仕事。お客に惚れちゃいけないよ」

「わかっていますよ。恋なんかしてませんし、するつもりもありません」

「そのわりにはずいぶん浮かれているようだけどねえ」

「少しくらいは浮かれたっていいでしょ？　高坂《こうさか》さまは気前のいいお方ですもの」

「気前がいいだけじゃあない。年は三十そこそこで、おまけに俳優《やくしゃ》のような男ぶりだ。おまえさん、惚れちまったんじゃないだろうね？」

「まさか。お金持ちのお客さんだから、とくに気にかけているだけですよ」

高坂直《すなお》之介《のすけ》は彩葉楼時代の馴染み客である。海運業で財を成した金満家《きんまんか》の御曹司《おんぞうし》で、大会社の重役をつとめている。彩葉楼は中見世だから引手茶屋を通さず直接、登楼《あが》ることもできるのに、高坂は初会から茶屋口の客として玉扇――当時は小菊――を指名した。仕事が忙しいためか、居つづけはしないけれども、祝儀を出し惜しみしない上客だ。

「そりゃあ結構だ。大いに大事にしておくれ。あくまで商売だってことを忘れずにね」

はいはい、と返事をして本部屋を出た。底が厚い上草履《うわぞうり》でゆったりと廊下を歩きつつ、引きつけ座敷へ向かう。引きつけとは嫖客と花魁がはじめて顔を合わせることである。引きつけ座敷はそのための部屋で、客は幇間や芸者にもてなされながら花魁を待つ。

住みかえ前、彩葉楼での馴染み客全員に手紙を送った。客の好みに合わせて文面には工夫を凝《こ》らしたが、要約すれば「夕星楼でもどうぞごひいきに」という一文で足りる。

熱心な営業のおかげか、彩葉楼のお馴染みは続々と夕星楼に登楼ってくれている。高坂もそのひとりだ。祝儀をはずんでくれる上得意だから待ちかねていただけ。たしかに年は若いし、男ぶりはいいけれど、おぼこ娘のように胸をときめかせたりしない。

玉扇のうしろからはやりてと下新《したしん》がついてくる。下新は下新造《したしんぞ》のことで、いわば新造見習いだ。新造といっても、禿《かむろ》から花魁見習いになった江戸時代のそれとはちがう。御一新以降、禿は法的に禁じられたため、今日《こんにち》の新造は素人《しろうと》の女性がつとめることが多い。

引きつけ座敷からは芸者の小唄が漏れ聞こえてくる。座敷の障子《しょうじ》の前まで来た玉扇は、膝《ひざ》をついて障子を開けたりせず、澄まし顔で立っていた。別段、玉扇が礼儀知らずなのではない。花魁は障子の開け閉めなどしない決まりなのである。

「花魁さんがお見えになりました」

見世の若い者（男衆）が声をかけ、障子を左右に開ける。玉扇は上草履を脱いで座敷に上がった。このとき、花魁の上草履をくるりと回してそろえるのも若い者の仕事だ。

広々とした座敷には、ぼんやりと明かりが灯《とも》っていた。高坂は出入り口に近い下座に腰かけている。初会と裏（二度目の登楼）では、客は花魁に上座を譲らねばならない。

玉扇の姿を見ると、幇間や芸者は畳に手をついてお辞儀をした。これも廓の作法のひとつ。花魁のおかげで楼で働かせていただいていますというお礼の意味がこめられている。

玉扇は悠然とした足取りで上座へ行き、右褄を取って友禅《ゆうぜん》の座布団に腰をおろした。左手は懐《ふところ》に入れ、肘《ひじ》を張って胸を張る。

高坂にお辞儀もしなければ、笑顔も見せない。さながら大名のお姫さまが客人を引見《いんけん》するかのように、つんと澄ましている。気位の高さは吉原娼妓の売りものである。

ほんとうはお馴染みなのだから、そこまで他人行儀にしなくてもいいのだけれど、大見世の花魁を名乗っているからには、しきたりどおりに進めなければならない。

そう思いながら、澄まし顔を作ったが、高坂と目が合ったとたん、はにかみそうになってしまった。

ふだんは洋装で来るのに、今日は黒地に白茶の柄が入った結城紬《ゆうきつむぎ》の小袖《こそで》に、おなじ羽織をあわせた粋《いき》な和装姿。惚れ惚れするほど凛々《りり》しくて、水際立った好男子ぶりなのだけれど、きゅっとひきしめた玉扇の唇が弾けそうになるのは、そのせいではない。

高坂がおどけてみょうちくりんな表情をしているからだ。ひょっとこのようなまぬけ面《づら》は上品な身なりとはちぐはぐで、せっかくの男前が台なしである。

しかし、今日は初会。うっかり笑っては花魁の名がすたる。

玉扇は口もとに力を入れた。噴き出したくてたまらないのをなんとか我慢する。

「夕星楼の玉扇花魁」

引手茶屋の女将が蒔絵《まきえ》の盃台《さかずきだい》をこちらに置いた。洋灯の光を受けてきらきらと輝いているそれには、輪島塗《わじまぬり》の盃がのっている。三々九度の真似《まね》事である。花魁は客と盃を交わし、一夜妻になる。よその見世では盃は空だが、夕星楼では水を注ぐ。

澄まし顔をくずさぬように気をつけながら、玉扇は盃を手にとる。作法どおり、ちらりと高坂を見て盃に唇をつけた。このあたりで、いよいよ我慢の限界。

「花魁、花魁」

やりてがおろおろしている。やりての位置からは高坂の顔が見えないのだ。

「お初会さんがへんてこりんなお顔をなさっているせいです」

玉扇は裲襠の袖で口もとを隠して笑い転げた。

「まあ！　こんな色男をつかまえてへんてこりんだなんて、花魁、冗談が過ぎますよ」

「冗談じゃありません。ほら、お初会さんが変なお顔を……」

涙がにじんだ目で見ると、高坂は真面目腐《くさ》ったふうに片眉をはね上げた。

「不愉快だな」

端整な面輪《おもわ》に不機嫌そうな表情を刻む。先ほどとはまるで別人だ。

「大見世の花魁は気位が高いと聞いてはいたが、まさか初会の客を嘲笑《あざわら》うほどとは」

「あなたがわたしを笑わせようとなさっていたんでしょう」

「さて、身におぼえがないが」

憎らしいほど完璧に空とぼけてみせる。玉扇はむっとして盃を盃台に置いた。つんけんと横を向く。引手茶屋の女将が盃に水を注ぎ、盃台を高坂のほうに進めた。

高坂が盃を手に取り、唇をつけようとしたときだ。玉扇は口を奇天烈《きてれつ》な形に開け、白目をむいて、およそ花魁とは名乗れないへんてこな顔をした。

「……今のはずるい」

案の定、高坂は思いっきりむせた。広い肩を震わせて笑う。

「ずるいのはあなたです。わたしが入ってきたときからずっと変なお顔をなさって」

「君があんまり澄ました顔をしているから、笑わせてみたくなったんだ」

「初会では笑わないものなんです。そんなこと、ご存じでしょうに」

「しきたりは知っているが、僕は君の笑顔が好きだからね」

さわやかに微笑《ほほえ》む顔が恨めしい。

「こんなふうにおしゃべりするのだってだめなんですよ」

「わかった。おしゃべりは封印だ。つづけよう」

盃台が玉扇の前にもどってくる。ふたたび盃を手に取って、口もとに運んだ直後。

「……もう、高坂さま！　やめてくださいよ！」

またしても、ひょっとこ顔で笑わされる。ずっと我慢していただけに、今度は止まらなくなった。高坂も肩を揺らして大笑いしている。幇間も芸者も、やりても引手茶屋の女将も若い者も下新も、みんながつられて、引きつけ座敷は和《なご》やかな笑い声で満たされた。

初会では花魁と客が顔合わせするのみで、床入りはしない。裏では本部屋、つまり花魁の個人部屋に幇間芸者を呼んで遊ぶが、やはり寝所には入らない。三度目にしてはじめて馴染みとなり、客は花魁と枕を交わすことができる。

もっとも、こんな古くさいしきたりを大正の世になっても残しているのは、大見世の中でもごく一部の楼だけ。夕星楼はそのひとつである。

「高坂さまったら、いったいいつまでお笑いになっているつもりですか」

玉扇が茶を淹《い》れていると、高坂はまた噴き出した。

花が咲いたようなギヤマンの洋灯が照らす本部屋にふたりきり。本来なら客と花魁が床入りの前にしっぽり語らう時間だというのに、高坂は見るたびに肩を揺らしている。

「初会の君を思い出すとおかしくてね。いやあ、あの顔は傑作だったな」

「あなたのせいで初会はさんざんでしたよ。盃を落として襦袢は濡《ぬ》れるし、水が変なところに入って苦しかったわ。もうああいうおどけはやめてくださいね。まったく、みっともないったら。お馴染みさんがひょっとこ顔なんて、いやですよ」

文句を言っているうちから、濃い紅を塗った唇がほころんでくる。

「そう言いながら笑っているじゃないか」

「笑ってませんよ。怒ってるんです」

目を吊《つ》り上げて怒った顔を作ってみるものの、あまり成功しているとはいえない。

「怒らせてしまったのなら、お詫《わ》びのしるしにこれをあげよう」

高坂は信玄袋《しんげんぶくろ》から一冊の本を取り出した。生田春月《いくたしゆんげつ》訳の『海の嘆き』である。

「ポオルとギルジニイ、サン・ピエール著……仏蘭西《フランス》の小説かしら？」

「悲恋物語だよ。細やかな情景描写がまるで絵画のように美しいんだ」

「素敵。仏蘭西の小説は好きなんです。読むのが楽しみだわ」

「機嫌は直ったかな？」

「はい。すっかりご機嫌になりました」

玉扇は本を胸に抱いて、「ありがとうございます」と笑顔で礼を言った。

貸本屋育ちであるせいか、子どものころから本が大好きだ。

馬琴《ばきん》、京伝《きようでん》、三馬《さんば》はもちろんのこと、『水滸伝《すいこでん》』や『三国志』や『怪談牡丹灯籠《どうろう》』、菊《きく》池幽芳《ちゆうほう》、尾崎紅葉《おざきこうよう》、徳冨蘆花《とくとみろか》、木下尚江《きのしたなおえ》、広津柳浪《ひろつりゆうろう》に親しみ、田口掬汀《たぐちきくてい》の『伯爵夫人』、小杉天外《こすぎてんがい》の『魔風恋風』、小栗風葉《おぐりふうよう》の『青春』に夢中になり、逍遥《しようよう》や涙香《るいこう》の翻訳《ほんやく》小説、探偵小説や空想科学小説にいたるまで、読めるものはなんでも読みあさった。

「君のご機嫌をとるには本がいちばん効くな」

さっそく頁《ページ》をめくりはじめた玉扇に笑って、高坂は煙草に火をつけた。

高坂が最初に本を贈ってくれたのは、小菊時代の裏でのことだ。

正直なところ、高坂が裏を返してくれるとは予想していなかった。なぜなら彼は、初会で小菊に花魁の仕事をさせなかったからだ。

夕星楼とちがって、彩葉楼では初会から床入りできる。

本部屋に彼を招き入れた小菊は、いつものように玉代分の仕事をしようとしたが、高坂は「話に付き合ってくれればいい」と言った。

花魁の身の上話を聞きたがる客はときどきいるので、彼もそのたぐいなのかと思って、自分が貸本屋の娘であること、幼いころに母を亡くして父とふたり暮らしだったこと、父亡きあと、叔父《おじ》夫妻が店を引きとったこと、しだいに店の経営がかたむいてしまったこと、店の再建費用調達ために大門をくぐったことなどをかいつまんで話した。

結局、おしゃべりするだけで初会は終わった。玉代を無駄にしたようなものなのに、高坂は裏を返した。そのとき、持ってきてくれたのが永井荷風《ながいかふう》の翻訳小説だ。

「読みたいと言っていただろう」

裏もやはり会話だけで終わってしまった。それから半年ほど通いつづけてくれている。すっかり馴染みになったが、彼と過ごす夜に花魁の仕事をしたことはない。

一度、なぜなにもしないのかと尋ねてみたことがある。

「君は妹に似ているんだ」

数年前、高坂はかわいがっていた妹を病気で亡くした。あるとき、知り合いから亡き妹に似ている花魁がいると聞いて気にかかり、彩葉楼を訪ねたそうだ。

張見世に出ていた小菊の容姿は高坂の妹と瓜《うり》二つだった。他人の空似だとは思いつつも、奇妙な懐かしさにそそのかされて、登楼《あが》ってしまったのだという。

そういうことならと、小菊は彼の妹のようにふるまうことにした。客に夢を見せるのが花魁のつとめである。高坂が望むのなら、妹の夢を見せてやるべきだろう。

妹のようにふるまうといっても、艶事《つやごと》に触れないこと以外は、とくべつなことはしていない。そもそも、高坂の妹は小菊のように本好きだったらしいので、むずかしい演技は必要ない。彼と過ごす時間は小菊でも玉扇でもなく、素のままの自分でいられる。

「あ、そうそう。お菓子をお出しするのを忘れてたわ」

玉扇は茶簞笥《だんす》からふた付きの菓子器を取り出した。

小菊時代から、いつも客用の菓子を用意している。菓子代に限らず、客に出す手紙代や、客用の石鹸《せっけん》、楊枝《ようじ》、歯磨き粉、浴衣等をそろえる費用は、髪結い代、化粧品代、衣装代、洗濯代などの身支度にかかる費用と合わせて、花魁の負担である。

「西洋菓子がお好きだっておっしゃってたでしょ？」

いつだったか、高坂が甘党だとわかったので、どんなものが好きなのか尋ねたところ、西洋菓子が好きだと言っていた。

「お好きなのをどうぞ」

菓子器の中にはビスケットとキャラメルとチョコレートが入っている。どれも高価だからかなりの出費だったが、高坂にはよく本をもらっているので奮発して買っておいた。

「ありがたい。ちょうど甘いものが欲しいと思っていたところだ」

高坂は煙草を置いて、チョコレートを手に取った。慣れた手つきで銀紙をはがし、半分に割って片方をこちらへ差し出す。

「わたしはいいですよ」

「へえ、きらいなのか」

「きらいかどうかわかりません。食べたことがありませんから」

「まさか、チョコレートは牛の血でできているという噂《うわさ》を信じているんじゃないだろうな」

チョコレートをかじりなら高坂が笑う。

「牛の血というより、泥の塊《かたまり》みたい。あんまりおいしそうには見えないわ」

「泥にしては上等な味だよ。何事も経験だ。試しに食べてみなさい」

しきりに勧められるので、玉扇はチョコレートを受け取った。手触りは妙にしっとりとしている。おそるおそる鼻先を近づけると、くらくらするような甘いにおいがした。

少しかじって口の中で溶かすのだと言われ、そのとおりにしてみる。ころんと舌の上に落ちたチョコレートのかけらは、鮮烈な異国の香りを放ちながら溶けていった。

「どうだい？　うまいだろう、この泥の塊は」

「泥にしては甘すぎますわ」

玉扇はあわてて口直しに茶を飲んだ。舌に穴が開きそうな甘みと、頭の中をひっくりかえされるような濃厚な香りにあてられて、ぐるぐる目が回りそうだ。

「翻訳小説は好きなのに、チョコレートは口に合わないのか」

「小説は心で味わうものでしょ。舌で味わうチョコレートとは全然ちがいますよ」

「チョコレートだって、心で味わうことはできるぞ」

「まあ、チョコレートを心で？　どうするんです？」

「いい思い出と結びつけるんだ。なにか楽しいことをしているときにチョコレートを食べれば、その甘さは幸せな記憶として心に残る」

「どうかしら。素敵な本をいただいてから食べたのに、ちっともおいしくありませんでしたよ。わたしはやっぱり大福や羊羹《ようかん》のほうが好きだわ」

心に浮かんだ言葉とはまるきりちがう台詞《せりふ》を言って、玉扇は茶をすすった。

あとで思い出したら、きっと……おいしかったって思うでしょうね。

高坂と一緒に食べたチョコレートの味は、この先、何度も思い出すような気がする。


吉原はひとつの街である。貸座敷や引手茶屋だけでなく、台屋《だいや》（仕出し屋）、風呂屋、八百屋《やおや》、洗濯屋、洋食屋、菓子屋、下駄屋、写真屋、紙屋、小間物屋、生薬屋《きぐすりや》、郵便局などが軒を連ねており、生活に必要なものはおおかた廓内で手に入る。

中でも玉扇が足しげく通いつめているのは貸本屋だ。貸本屋育ちの性分か、三日に一度はのぞいてしまう。今日も借りていた本をかえし、店先で新刊本を探していた。

「おい、菊ちゃんじゃねえか」

本を開いたままそちらを見やると、彩葉楼の妓夫《ぎふ》、安吉《やすきち》が立っていた。妓夫は妓夫太郎《ぎゆうたろう》とも呼ばれる若い者だ。安吉は客の布団を上げ下ろしする床番《とこばん》である。

年は四十半ばを過ぎたころ。垂れ気味の目もとには生来の人のよさがにじんでいる。妓夫には放蕩《ほうとう》で身を持ち崩した者が多いが、安吉からはふしぎと道楽の残り香が感じられない。こざっぱりした着流し姿は、妓夫太郎というより生真面目な小商人《こあきんど》のようだ。

「いけねえ、今は夕星楼の玉扇花魁だったな。玉扇さんって呼ばねえとな」

「玉ちゃんでいいわよ、安どん」

妓楼《ぎろう》では、男衆には「どん」、女衆には「さん」をつけて呼ぶ。

「久しぶりね。元気だった？」

「見てのとおりさ。変わりねえよ。玉ちゃんはどうだい。うまくやってるかい」

「どんどん稼いでるわ。お職を目指して頑張ってるところなの」

「おう、その意気だぜ。玉ちゃんが大見世のお職になったら、俺は鼻高々だよ」

「自慢していいわよ。夕星楼の玉扇を育てたのは俺だって」

あながち嘘《うそ》でもない。初見世からほどないころ、安吉は物慣れない小菊に床番の知恵を貸したり、面倒な客をいなしたり、もめ事が起きたときに味方になったりしてくれた。安吉の助けがあったからこそ、花魁のつとめに慣れることができたのだ。

「もったいねえよなあ。玉ちゃんなら、道中《どうちゆう》を張る花魁になれるのになあ」

安吉はいたく口惜しそうにつぶやいた。江戸の風情《ふぜい》香る華やかなりし花魁道中は大正四年に禁止されてしまったため、現在ではどこの見世も行えない。

「道中を張れなくても、お職になってお大尽に身請けされれば十分よ」

「身請けしてくれそうな旦那がいるのかい。あー、そうか。高坂さまのことだな？」

「べつに高坂さまとは言ってないわ」

「あの方は玉ちゃんにほの字だよ。お内儀《かみ》さんにしてくれって口説いてみたらどうだい」

「そんな厚かましいこと言えないわよ。第一、お内儀さんはいらっしゃるでしょ」

「いや、高坂さまは気楽な独身者《ひとりもの》だって聞いたぜ」

意外だ。てっきり妻がいると思っていた。

「たとえ独り身でも、女郎《じょろう》を妻になさるほど酔狂な人じゃないでしょうよ」

「わからねえよ。男ってのは、本気で女に惚れるとどんな馬鹿《ばか》でもやっちまうもんだから」

「その口ぶりだと、安どんも馬鹿やったことがあるみたいね？」

若《わけ》えころはな、と安吉はあいまいな笑みでごまかした。

「ところで、玉ちゃん。お雪《ゆき》さんは息災かい」

「お雪さん？　だれのこと？」

「夕星楼の下働きをやってるお雪さんだよ。ほら、顔に火傷がある下女がいるだろう」

「もしかして、お岩さんのこと？」

「お岩ってのは、あの顔のせいでつけられたあだ名だ。ほんとうはお雪っていうんだよ」

「そうだったの……。みんながそう呼んでるから、名まえだと思ってたわ」

意図したことではないとはいえ、火傷の痕《あと》をからかうような呼び方をしてしまっていた。

「安どんはお雪さんと仲がいいの？」

「仲がいいってほどじゃあねえが……ちょっとした昔馴染みでな。花魁時代のお雪さんを知ってるんだ。かれこれ二十年以上前のことさ。お雪さんは——あのころは白露花魁だ——吉原一の売れっ妓だったよ。白露花魁の道中はそりゃあ美しかったなあ」

牡丹と藤《ふじ》が今を盛りとばかりに妍を競う深紅《こきくれない》の裲襠、金糸銀糸で縫い取られた孔雀《くじゃく》が極彩色の羽をひろげる黒繻子《くろじゅす》の俎板帯《まないた》。横兵庫《よこひょうご》に結い上げた髪はさながら黒蝶が羽ばたくよう、結い髪に挿された鼈甲の櫛笄《くしこうがい》は露《つゆ》に濡れたように妖しき光を放ち、長柄の傘の下で凛《りん》と咲く花のかんばせは、高尾太夫《たかおだゆう》の美貌もかくやあらんという艶《あで》やかさ。

ひらりひらりと桜舞い散る仲之町。雪を欺《あざむ》く真白な足に三枚歯の駒下駄《こまげた》を履き、優雅に外八文字《そとはちもんじ》を踏むはありんす国の女王、夕星楼の白露花魁。

「天女ってのはこういう娼妓《ひと》のことをいうんだと思ったよ」

白露の艶姿を思い浮かべているのか、安吉はまぶしそうに目を細めた。

「ふうん、安どんはお雪さんにほの字なわけ」

「まあ……磯の鮑《あわび》の片思いってやつさ」

「片思い？　こんな色男に口説かれてなびかない女がいるの？」

よせやい、と安吉は照れくさそうに頬《ほお》をかいた。

「お雪さんには好《い》い人がいるんだよ。どうやら、昔の馴染み客らしいんだが。真剣に言い交わしていた仲で、今もその人が会いに来るのを待っているんだと」

　お雪が下働きになってまで夕星楼に残ることを懇願したのは、かつての馴染み客で、外国に行ったきり、行方知れずになってしまった恋人を待つためだったのだという。

「へえ、お雪さんも恋をしてるのね」

「も？　玉ちゃんもってことかい」

「わたしのことじゃないわよ。情夫がいる花魁はたくさんいるってこと」

　恋なんてしたくない。花魁の恋は悲しみに満ちているから。


　夕方から雨が降り出した。物憂《ものう》い六月の雨音は洋灯に照らし出される座敷までも陰鬱《いんうつ》に染め上げ、ひんやりとした空気が白粉を塗った襟足《えりあし》にからみついてくる。

「顔色が優れないようだな。具合が悪いのかい」

　間近で低い声が降って、玉扇は蛇《へび》に出会った猫のようにびくりとした。

　背広姿の高坂がとなりで洋書をひらいている。まだ翻訳が出回っていない仏蘭西の短編小説を訳しながら読んでもらっていたところだ。

「そう見えます？　きっと白粉を塗りすぎたんだわ」

　怯《おび》えを悟られないように、無理やり笑顔を作った。

「疲れているなら、布団に入ってやすみなさい」

「わたしは花魁ですよ。お客さんを放ってやすめるわけがないでしょう」

「僕のことは気にしなくていい。ここで読書しているから」

「野暮《やぼ》なことをおっしゃらないで。花魁が目の前にいるのに読書だなんて」

玉扇はけたけたと笑い、高坂の腕にしがみついた。

「ねえ、高坂さま。今日は妹あつかいしないで、わたしを一夜限りの妻にしてくださいな。ずっとそうしてほしいって思っていたんですから……」

窓に稲光《いなびかり》が走る。空を引き裂く雷鳴が耳をつんざいた。

「君に花魁の仕事をさせるつもりはない」

高坂は半ば強引に玉扇の肩をつかんで、互いの体を引き離した。

「わたしが妹さんに似てるからですか？　だったら、わたしの顔を見なきゃいいんですよ。目隠しをしましょうか？　ほら、こうやって」

手巾《ハンカチ》で目もとを隠すまねをしてみる。高坂は短くため息をついた。

「今夜の君は様子がおかしいぞ。熱でもあるんじゃないのか」

「ありますよ。高坂さまにお熱なんです」

「ふだんの君なら、そんな見え透いた嘘は言わない」

「嘘じゃないのに。ほんとうにあなたのことが好きなんですよ。あなたはほかのお客さんとはちがう、とくべつな人。わたしが心から抱かれたいと……」

「やめてくれ」

不快感もあらわに言い放ち、高坂はしなだれかかる玉扇を払いのけて立ちあがった。

「今日は気分が悪い。帰らせてもらう」

「待ってくださいよ。わたしのなにが気に入らないんですか？」

「君が娼妓のようにふるまうからだ」

「娼妓のように？　ばかばかしい。わたしは娼妓ですよ。春をひさぐ女ですよ。亡くなった妹さんのようにきれいな体じゃないんです。この体で大勢の客を取ってきたんですから。どうせ汚れた体ですよ。それがいやだとおっしゃるなら、金輪際《こんりんざい》……」

破れかぶれになって吐こうとした言葉が喉《のど》の奥でひきつれた。

落雷だ。巨大な化けものが咆哮《ほうこう》するような雷が炸裂《さくれつ》した。悲鳴も出ない。とっさに両耳を覆《おお》って縮こまる。肺を裂かれたように息がとまり、滑稽《こっけい》なほどに全身が戦慄《わなな》いた。

「どうした？　どこか痛むのか？」

高坂がそばに屈《かが》みこむので、玉扇はますます震え上がった。かろうじて抑えこんでいた怖気《おじけ》の箍《たが》が弾け飛び、なにも考えられなくなってしまう。

「具合が悪いらしいな。だれかを呼んでこよう」

「だ、だれも呼ばないでください……！　わたし、大丈夫ですから……」

稲光が座敷を侵す。玉扇は両耳を押しつぶさんばかりにぎゅっと手に力を入れた。

「……ひょっとして、雷が怖いのか？」

こくこくとうなずくと、高坂は軽く笑った。

「なるほど、それでさっきから様子がおかしかったんだな」

ほっとしたふうにつぶやいて、玉扇のそばに胡坐《あぐら》をかく。

「そう怖がるな。どうせここに落ちはしない。じきに遠くへ行くだろう」

慰めの言葉を打ち砕くように雷鳴が轟《とどろ》いた。いよいよ戦慄《せんりつ》が加速する。地響きをともなう轟音《ごうおん》が心の奥底にしまいこんでいた忌《い》まわしい記憶を呼び覚ました。

「ひどく震えているな。ほんとうに雷が恐ろしいだけか？　もし、熱があるなら……」

高坂がひたいに触れてくる。直後、玉扇は声にならない悲鳴を上げてあとずさった。意図した行動ではない。震えおののく総身が反射的に彼を拒《こば》んでしまったのだ。

「すまない、怖がらせてしまったかな」

「い、いいえ……高坂さまのせいじゃなくて、いやなことを思い出してしまって……」

「いやなこと？　雷と関係があることかい」

雷光が異様なほど明るく視界を染め上げる。その不気味な色彩があの夜と重なった。

思い出したくない。永遠に忘れてしまいたい。ひりつく感情が記憶を拒否するけれど、脳裏に刻みつけられた恐怖や嫌悪や悔しさが汚らわしい過去をかき乱す。

「よほどの事情がありそうだな。僕でよければ、話を聞こう」

「……お客さんにお話しするようなことじゃありません」

「だったら、僕を客ではなく、兄だと思えばいい。兄は妹の話を聞くものだ」

あたたかい声音《こわね》。頼もしげな響きが荒れくるう雷を少しだけ遠ざけてくれた。

「だれにも言わないでくださいね。楼の人にも話したことないんですから……」

「約束する。だれにも言わない」

高坂は力強くうなずく。なぜだかわからないけれど、彼の言葉には安心してしまう。

「……わたしが、こんな体になったのは、あの夜のせいなんです」

まだ大門をくぐる前のことだ。玉扇は夕星楼の玉扇ではなく、彩葉楼の小菊でもなく、下町の小さな貸本屋の娘で、平野《ひらの》ハナという名まえだった。

そのころ、父が遺した貸本屋は叔父が引き継ぎ、ハナは叔父夫妻と、ハナより五つ年上の従兄《いとこ》と暮らしていた。叔父夫妻は親切な人たちだったから、ハナが肩身の狭い思いをすることはなかった。ハナは父と暮らしていたときと同様に店を手伝った。店番をしたり、新刊を買い付けに行ったり、本を担《かつ》いで得意先をまわったり、貸本目録を作ったり、仕事はたいへんだったが、大好きな本に囲まれて働くことにとても満足していた。

ただ、ひとつ問題があった。従兄のことだ。

学校を出てずいぶん経つのに従兄はろくに働きもせず、ごろつきと付き合って毎日遊んでばかりいた。賭《か》け事や廓通いで散財し、借金取りが店まで押しかける始末。叔父夫妻が決して多くはない店の稼ぎから借金をかえしても、すぐにおなじことを繰りかえす。叔父夫妻は口を酸っぱくして諫《いさ》めたが、従兄はいっこうに素行を改める気配がない。

放蕩無頼な従兄のせいで、家産はみるみるかたむいていった。当座をしのぐため、ハナは着物や本を質に入れた。父や母の形見も手放した。切りつめられるところをぎりぎりまで切りつめても、毎月の家賃の支払いすらままならないほど、家計は火の車だった。

十八の正月、もらい火で店が半焼した。大半の本が焼けた。叔父夫妻はいよいよ店をたたむしかないと暗い顔をするようになった。ハナはなんとかして続けられないかと叔父夫妻を説得しようとした。父が遺してくれた店を失いたくなかったのだ。

そんなときですら、従兄は相変わらず酒色に溺れ、悪い仲間と遊びほうけていた。

冷たい雨の夜だった。叔父夫妻は店の再建費用を工面するために親戚《しんせき》を訪ね歩いており、ハナはひとりで留守番していた。半月ほど姿を見せなかった従兄がひょっこり帰ってきたとき、いやな予感がした。どうせまた、金の無心に来たのだろうと思った。

案の定、従兄は金に困っていた。女郎買いをやりすぎて素寒貧《すかんぴん》になり、酒代欲しさに店にあがりこんで、夜盗のようにあちこち荒らしまわった。

「もういい加減にしてほしいって言いました。叔父さんも叔母《おば》さんも迷惑してるんだって。わたしは従兄《にい》さんを遊ばせるために働いているわけじゃないって」

働いても働いても、わずかな稼ぎは従兄の遊蕩《ゆうとう》でまたたく間に消えてしまう。日々、坂道を転げ落ちているような心地がする。疫病神《やくびょうがみ》としか思えない。叔父が従兄を勘当《かんどう》してくれればいいのにと思う。従兄さえいなければ、人並みの生活ができるのにと。

激情に任せ、ハナはたまりにたまった不満をぶちまけた。

「わたしが馬鹿だったんですよ。言葉が通じない相手だってわかってたのに……」

従兄は逆上した。女のくせに生意気だとハナを殴《なぐ》りつけた。

『女郎買いをやめろと言うなら、おまえが俺の相手をしろ』

あらん限りの力で抵抗した。手当たりしだいに物を投げつけ、口汚く罵《ののし》ったが、なにもかも徒労《とろう》に終わった。泣き叫ぶハナの声は地獄《じごく》の軋《きし》り音のような雷鳴にかき消された。

稲光が注ぎこまれるたび、けだものじみた従兄の顔がまざまざと浮かび上がった。

「女郎よりひどいですよ。玉代をもらうどころか、こっちがお金を取られたんですから」

激しく争ったせいで部屋中がひっくりかえっていた。箪笥の裏に隠していた店の金もこぼれ落ちてしまい、従兄にごっそり持ち去られてしまった。

取りかえさなければと思ったが、起き上がれなかった。自分の体が自分のものではなくなってしまったようで、着物の残骸《ざんがい》にうずもれて、死んだように仰臥《ぎょうが》していた。

「……その日のことを、叔父さんと叔母さんに話しました」

叔父夫妻は激怒して従兄を問いただした。

『ハナが誘ってきたんだ。あいつはとっくに男を知ってる体だったよ』

もちろんハナは否定したが、叔父夫妻は半信半疑のようだった。ハナがよく本を担いで得意先まわりをしていたので、異性と知り合う機会はたくさんあると思われたのだろう。

叔父夫妻は警察に訴えると言い出したハナをとめた。

「このことを外にもらしたら、わたしの恥になる、嫁のもらい手もなくなるって……」

舌の根も乾かぬうちにこうも言った。家の難儀を救うため、吉原に奉公《ほうこう》してくれと。

『男を知らないわけじゃないなら、かえって向いているかもしれない』

愕然《がくぜん》とした。やさしい叔父夫妻が周旋人《しゅうせんにん》のような口ぶりで女郎になれと言うことに。

「自分がいやになりますよ。一生懸命働いて、家の仕事も頑張って、叔父さんと叔母さんを実の両親のように大切にしてきたのに……」

叔父夫妻にとっては、ハナは所詮《しょせん》、亡兄の子。たとえどんなに素行が悪くて借金ばかり作っていても、わが子である従兄のほうがかわいいのだ。

親戚に援助を断られた以上、店を守るにはハナが浮川竹《うきかわたけ》に身を沈めるしかなかった。

「ふだんは従兄さんのことなんか忘れてるんですよ。いつまでもくよくよしたってしょうがないから。でも……今日みたいな日は、だめなんです」

けたたましい雷声《らいせい》。死にものぐるいで耳をふさいでも逃れられない。

「……できれば、雷が鳴る日はお茶を引いていたいけど、そんな贅沢《ぜいたく》は言えません。だから、こういう日はさっさと床に入ってしまうんですよ」

雷の音が聞こえなくなるまで、つとめに没頭する。そうしていればいくらか気が紛《まぎ》れるのだ。従兄にされたこともこれとおなじだ、金のためにする無味乾燥な作業とみじんも変わらない。まったく感情は動かないし、なにも失いはしないと。

「高坂さまはおきらいみたいですが、ほかのお客さんにはけっこう喜ばれるんですよ。いつもとちがうのが面白いんでしょうね」

客たちはハナが雷に怯えていることに気づかなかった。

「叔父さんの言うとおりかもしれません。わたし、女郎に向いているのかも……」

ひとたび苦界に身を沈めたからには、まともな人生など望めない。首尾よく年季明けまでつとめあげたとしても、一生女郎あがりと言われつづける。それでも、生きたまま大門を出られればましなほう。花柳病や肺病で死ねば、丸い棺桶《かんおけ》に入れられて裏口からひっそりと運び出される。人の妻になることはおろか、大門から出ることもかなわない。

あの夜だ。あの雷の夜がハナを醜業婦《しゆうぎようふ》にしてしまった。

「いやな音。いつまで鳴っているつもりだろう。早くどこかに行ってほしい。……ごめんなさいね。せっかく登楼《あが》ってくださったのに、お相手できなくて……」

高坂が近づいてきたので、思わず身をすくめた。彼が乱暴するはずはないけれど、雷のせいで処女のように臆病《おくびよう》になった玉扇は、ささいな物音にすら震え上がってしまう。なにをされるのかと身構えていると、やんわり抱きよせられた。

「雷が鳴りやむまで、こうしていよう」

大きな手のひらに耳をふさがれる。とたん、夜を打ち砕く雷鳴が遠ざかった。

あたたかい腕の中は、ほのかに煙草のにおいがした。

からりと晴れた午後、玉扇は入院中の朋輩を見舞うため、俥《くるま》で吉原病院に向かっていた。

仲之町を走る俥に揺られていると、夕星楼のほうから走ってきたらしいお雪を見かけた。ずいぶんあわてた様子で、ふらふらと危なっかしい足取りだ。

「お雪さん、どこへ行くの？」

こちらに気づいて立ちどまったお雪は息苦しそうに顔をしかめた。

「ちょっと病院へ。忘れものを取りに」

「じゃあ、乗っていきなさいよ。わたしも病院へ行くところなの」

同乗していた下新に少しつめてもらって、お雪を乗せる。俥は夏の花々を描いた掛行燈《かけあんどん》に彩られる仲之町を通り抜け、水道尻《すいどうじり》を出て、吉原病院の前に止まった。

お雪は乗せてくれたことに礼を言い、転げ落ちるようにして俥から降りた。てっきり病院に入るのだろうと思ったが、わき目もふらずに病院裏の疎林《そりん》へ駆けていく。

気になってあとをつけていくと、お雪は夏風にそよぐ木々の間を縫うように進んでいった。一本の老木の近くまで駆けて行き、倒れるようにして地面にひざまずく。

枯れかけた老木の根元には小さな盛り土があった。盛り土のそばには古ぼけたブリキ缶が置かれている。お雪はブリキ缶を手に取り、急《せ》くようにしてふたを開けた。

「よほど大事なものなのね」

玉扇が声をかけると、お雪は弾かれたようにふりかえった。

「昨日、ここへ来たときにうっかり忘れていったんですよ。持ち去られていなくてよかったわ。もっとも、盗んだところで一銭にもなりゃしないけれど」

「お雪さんにとっては、大切な宝物なんでしょう。だれかにもらったもの？」

「ええ、まあ……。昔の話ですよ」

「白露花魁だったころの？　だったら、お客さんからの贈りものね」

玉扇はお雪のとなりにしゃがみこんだ。

「ここは……その人とお雪さんの子のお墓なのね」

花魁の妊娠は恥だ。客が取れなくなり、見世に迷惑をかけてしまう。ごくまれに大見世の花魁が出産することがあるが、それは例外中の例外。ほとんどの場合は堕胎《だたい》する。花魁の中にはおろした子の亡骸《なきがら》を病院裏の疎林に埋めてひそかに供養する者もいる。

「わたしも埋めたのよ。ええと、どこだったかな。あっちか、そっちか、あの辺だったかな……たぶん。忘れちゃったわ。全然来ないから」

初見世からほどなくして、身籠《みごも》っていることがわかった。時期から考えて、花魁になる前にできた子だ。やりてに堕胎法を教えてもらい、淡々《たんたん》と処理した。

「あたしだって、しょっちゅう来るわけじゃありませんよ。ときどき、気がむいたときにここへ来て、これを供えるんです」

お雪がブリキ缶の中身を見せてくれる。それは舶来《はくらい》のチョコレートだった。一度、溶けてふたたび固まったようだ。相当古いものらしく、銀紙がぼろぼろになっている。

「お雪さんの好《い》い人って、どんな人だったの?」

「当時は学生さんでした。さる代議士の坊ちゃんでね、なんとかっていう偉い先生に師事していて、将来はご父君のあとを継ぐことになっていたと聞きましたよ」

お雪は長いため息をついて、日差しに濡れる梢《こずえ》を見上げた。

「そんな将来有望な人を……あたしがだめにしてしまったんです」

花魁時代、白露は金を稼ぐことしか考えなかったという。客たちをありとあらゆる嘘で騙《だま》してどんどん貢《みつ》がせ、しぼりとれるだけしぼりとった。結果、身代《しんだい》をつぶす者が続出したが、白露は同情しなかった。金のない男に用はなかった。

「一日も早く足を洗いたかったんですよ。出ていくときに手ぶらじゃ心もとないから、それなりの蓄《たくわ》えも欲しくてね。あれやこれやと客に贈りものをねだって、片っ端からお金に換えました。あたしには色も恋も無用の長物《ちょうぶつ》、欲しいのはお金だけだったんです」

件《くだん》の学生が登楼《あが》ったときも、鴨《かも》が葱《ねぎ》を背負《しょ》ってきたとばかりに舌なめずりした。

「花魁道中であたしを見初《みそ》めたんだと真面目腐った顔で言ってました。こっちが恥ずかしくなるほど初心《うぶ》な人でね、すっかりあたしにのぼせあがっちゃって。あんなにあつかいやすい客はいませんでしたよ。紋日《もんび》にはかならず登楼ってくれたし、積夜具《つみやぐ》もしてくれたし、あたしが欲しがるものはなんでも買ってくれました」

「そのチョコレートも？」

「ええ、あとで売り払うつもりで、舶来のお菓子をたくさん買ってもらいました」

学生は学費をつぎこんで白露のもとに通いつめた。けた外れの放蕩はやがて父親の耳に入り、勘当を言いわたされてしまう。

「最後の日……あの人ったら、大事な本をぜんぶ質に入れてまで会いに来たんですよ。泣きそうな顔で、もう会いに来られなくなる、君にすまないって……。さすがのあたしもちょっとはかわいそうになりました。あたしなんかに引っかからなければ、学校を出て立派な仕事につけたのに……ほんとうにかわいそうな人」

罪滅ぼしのつもりで、白露はいくらかの金をあげようとした。

「なにかの足しにしてくれるよう言ったのに、あの人、受け取らないんです」

――君には夢を見させてもらった。それだけで十分だよ。

「初心なあの人でも、花魁が嘘つきだってことは知っていたみたいで。好いているだの、惚れているだの、あたしが言うことに真《まこと》なんかないってわかっていながら、あたしのために自分の将来を棒に振ったんです。ほんとうに馬鹿な人ですよ」

別れ際、白露は学生を引きとめ、また会いに来てほしいと言った。

――文無しに用はありんせん。立身出世して、わちきを落籍《ひか》しておくんなんし。

いまや廃《すた》れてしまった廓言葉がまだ生きていた時代のことだ。

「自棄《やけ》を起こして自殺でもされちゃ、寝覚めが悪いですからね。最後くらいは励みになるようなことを言って別れようと思ったんですよ」

――かならず君を迎えに来る。いつか、かならず。

白露は学生が仕事を求めて外国に渡ったことを人づてに聞いた。

「妊娠がわかったとき、あの人の子だと思いました。なぜでしょうね。数え切れないほど客を取ってるのに、ほかの客の子かもしれないとは思わなかったんですよ」

年季明けが近いとはいえ、商売の邪魔にはちがいない。手遅れになる前に、早くおろさなければ。頭ではわかっているのに、なかなか決心がつかなかった。子を始末してしまえば、彼との縁までもが切れてしまいそうで。

「ぐずぐず悩んでいるうちに流れてしまいましたよ」

空涙しか知らなかった白露がはじめて本物の涙をこぼした瞬間だった。

「悪いことは続くものですねえ。しばらくして、火事が起きましてね。夕方のことでした。あたしが出先から戻ったときには、楼が燃えていたんですよ」

止めようとするやりてをふりはらって、白露は炎上する夕星楼に飛びこんだ。

「あの人からもらったものがまだ部屋に残っていたのを思い出したんです。笄や、櫛や、洋灯や、本や……いろいろあったんですけど、持ち出せたのはこれだけでした」

ブリキ缶に入れておいた舶来品のチョコレート。恋しい男を偲ぶたったひとつのよすがと引きかえに、白露の美貌には無残な火傷の痕が残った。

「ここに来たときは、このチョコレートを供えるんですよ。手を合わせて、おまえの父さんがくださったものだよって……」

学生はあれきり夕星楼に姿を見せなかった。どこにいるのか行方はわからない。

「きっと今ごろはお内儀さんも子どももいるでしょう。でも、それでいいんですよ。あたしはあの人を励ますためにあんな口約束をしたんですから」

空言だったと言いながら、お雪は今も彼を待ちつづけている。

「いつか再会できるといいわね」

「えらくなった姿を遠くから見てみたいとは思いますけどね、会いたくはないですよ。いったい、会ったところであたしだってわからないでしょうよ。あの人が惚れていたのは白露花魁なんですから。今のあたしを見たら、きれいな思い出が壊れてしまいますよ」

億劫《おっくう》そうに立ち上がったお雪がふらついた。あわてて支えると、ひどく体が熱い。

「また熱が出ているのね。やすませてもらえるよう、わたしがおばさんに相談するわ」

「これくらい大丈夫ですよ。どうせ先は短いんです。働ける間は働きますよ」

「先が短いなんて縁起でもないわ」

「言葉の綾《あや》じゃありませんよ。ほんとうに寿命が残り少ないんです」

肺の病ではなく、婦人病だという。医者には匙《さじ》を投げられているとお雪は笑う。

「さんざん人を騙してきた報《むく》いなんでしょうねえ」

ブリキ缶をしっかりと胸に抱く両手は、痛ましいほどに痩《や》せていた。


「お待ちかねのものを持ってきたぞ」

本部屋に入るなり、高坂は茶封筒を差しだした。中身を見ると、たしかに玉扇が欲しがっていたもの――お雪と言い交わした学生の行方に関する調査報告書である。

「まあ、こんなに早く！　ありがとうございます」

一月ほど前、高坂にお雪のことを話した。不治の病に侵されているお雪が不憫《ふびん》で、玉扇は当時を知る人に学生の所在について聞いてまわったが、新しい収穫はなかった。せめて現在の彼がどうしているかということを伝えるだけでも慰めになると思うのだが、と相談したところ、高坂が探偵を雇って調べさせようかと言った。なんのゆかりもない彼にそこまでしてもらうのは申し訳ないと思いつつ、厚意に甘えて調査を頼んだ。

「費用はいくらでした？　ええと、これくらいで足りるかしら」

財布から金を出そうとすると、高坂は笑って背広を脱いだ。

「まるであべこべだ。花魁が客に金を出すとは」

「こちらからお願いしたんですから、お金を払うのが筋でしょう」

玉扇は背広を壁にかけ、窓を開けた。晩夏の涼しい夜風を招き入れる。

「金よりも君の声が欲しい」

「わたしの声？」

「なにか読んでくれないかい。いつも僕が読んでいるから、今夜は君の番だ」

「いいですよ。どれにしましょうか？」

「詩集がいいな。『珊瑚集』なんてどうだい」

書棚から永井荷風の訳詩集『珊瑚集』を取り出し、窓辺に腰をおろした高坂のとなりに座る。ぱらぱらと頁をめくり、目についたヴヱルレヱンの詩を朗読した。

「君のそばにいると、月の光が虹のようだ」

高坂は紫煙まじりのため息をもらした。ついぞネクタイをゆるめたことのない首が月明かりに濡れ、外を見やる横顔にはあるかなきかの微笑がにじんでいる。

ふっと胸が締めつけられた。彼にとって自分は、花魁でもなければ女でもなく、亡き妹を偲ぶ糸口にすぎないのだ。懐かしい人に似た、他人でしかないのだ。

それがひどく呪わしく思われ、玉扇は高坂の手から煙草を奪い取った。吸い口につややかな紅の跡をつける。月光に目を細め、睦言《むつごと》を囁《ささや》くように苦い煙を吐いた。

「この味、チョコレートに似ているわ」

「チョコレート？　煙草がかい？」

「ええ。だって、とっても甘いんですもの」

謎かけのように微笑んで、煙草を高坂にかえす。どうせ気づいてはくれまい。彼が口をつけた煙草だから、切なくなるほどに甘いのだということには。

「なるほど……たしかに甘いな」

玉扇がふたたび『珊瑚集』を開くと、高坂は片膝を立てて紫煙をくゆらせた。

「君のせいだ」

紅の色が彼の唇の端に移っている。玉扇は本を閉じ、懐から手巾を出した。白百合《しらゆり》が咲きにおう裲襠の袂《たもと》をおさえて、そっと彼の口元を拭う。

赤い名残《なごり》を消し去って目を上げると、高坂がこちらを見ていた。やさしい熱を帯びた眼差《まなざ》しに導かれ、月明かりが虹の裳裾《もすそ》を引きずりながら視界の外へ退《しりぞ》いていく。

今夜を境にすべてが変わるかもしれない。そんな予感が胸を高鳴らせていた。

翌日、玉扇は安吉を茶店に呼びだした。

「お雪さんが待っているのは、安どんだったのね」

例の報告書には、白露と別れたあと、学生は外国で商売をはじめて成功したものの、悪質な詐欺《さぎ》に遭い、財産を失って一文無しになったと記されていた。

彼は帰国して吉原に行き、安吉と名をあらためて彩葉楼につとめているという。安吉という名の妓夫は大勢いるけれども、彩葉楼の安吉はひとりしかいない。

「どうしてお雪さんに名乗り出ないのよ？」

報告書を読み終えて真っ先に疑問をおぼえた。以前、世間話に紛れさせてお雪に安吉をどう思うか尋ねてみたことがあるが、お雪は安吉と面識がないと言った。目と鼻の先で暮らしているにもかかわらず、安吉は彼女とよしみを結ぶことすら避けていたのだ。

「名乗り出るだって？　馬鹿を言っちゃいけねえよ」

安吉は投げやりに答えた。

「立身出世して迎えに行くと約束したんだ。白露花魁を落籍《ひか》すだけの金を持って夕星楼の門をくぐると。……えらそうな口をきいたくせに、このざまさ。今の俺は毎日、赤い布団の上げ下ろしをして、脂下《やに》がった客におべんちゃらを言って、もみ手すり手で祝儀をねだるしか能のねえごろつきだ。どの面下げて会いに行けっていうんだい」

「どの面でもいいから、会いに行くべきよ。お雪さんには時間がないんだから」

お雪の病状は悪くなる一方だ。先日は高熱を出して台所で倒れてしまった。病気になって働けなくなった雇人は解雇されて吉原から追い出される決まりだが、幼いころ、白露時代のお雪にかわいがってもらっていたという楼主の恩情で、行燈部屋に寝かされている。快復の見込みはなく、もはや死期を待つばかりである。

「お雪さんはずっとあなたを待っていたのよ。このまま会わずに別れるつもり？」

「……会わないほうがお雪さんのためだ。立派になって帰ってくると信じていた男が落ちぶれて醜態《しゅうたい》をさらしている姿なんか、見たくはねえだろう」

「安どんはお雪さんに会いたくないの？　これが最後の機会なのよ」

「若え者にはわか《わけ》らねえだろうがな、思い出はきれいなままにしておいたほうがいいのさ。薄汚れた現実でぶち壊しにしちゃいけねえんだよ」

言いかえそうとした唇が空を食《は》み、玉扇は冷めた茶を見下ろした。

お雪は美しい思い出を心の支えにしてきた。恋人が豊かな暮らしをしていることを夢見てきた。妓夫になった安吉が彼女の前に現れたら、お雪が胸に抱いてきた輝かしい幻は壊れてしまう。安吉がこうなったのは自分のせいだと、わが身を責めるかもしれない。ただでさえ過去を悔いている彼女に、これ以上、自責の念を感じてほしくない。

「じゃあ、お雪さんの夢を壊さないようにして会いに行けばいいわ」

玉扇が耳打ちすると、安吉は眉間《みけん》にしわをよせた。

「……おい、そいつは詐欺だぜ。俺にお雪さんを騙せってのかい」

「仕返しよ。若いころ、さんざん騙されたんでしょ」

彼女が夢見ている姿で会いに行けばいい。仕立てのいい背広を着て、きちんとネクタイを締めて、洒落た中折れ帽をかぶって、成功した実業家の顔をして。

「恨んでるわけじゃねえよ」

「わかってるわよ。心底惚れてるんでしょ。だから、吉原に戻ってきた。名乗り出られないことは承知のうえで、お雪さんのそばにいたくて」

うっかり思い出されては困るから、声もかけられない。いつも遠くから様子を見て、人づてに近況を聞いて慰めとする。それが安吉なりの愛し方なのだ。

「惚れているならなおさら、騙してあげて」

花魁は客を騙すのが商売。けれどもう、彼女は花魁ではない。

「お雪さんに夢を見せてもらったんでしょう？　今度はあなたの番よ、安どん」

学生時代の安吉と別れるとき、お雪は嘘をついた。その嘘は失意の淵《ふち》にあった彼の生きる原動力になった。嘘はかならずしも悪ではない。人を救う力を秘めている限りは。

吉原の女はだれだって、好きな男のお内儀さんになりたいと願っている。一夜妻ではなく、お妾《めかけ》でもなく、人の妻として死にたい。女郎のくせに分不相応だと世間に嘲笑われようとも、夢を見ずにはいられないのが浮川竹の流れの身だ。

「嘘でいい。偽物《にせもの》でかまわないから、幸せな夢で送りだしてあげて」

最期《さいご》に見るものが愛した男のやさしい眼差しだとしたら、どんなにか幸福であろう。


数日後、安吉はこぎれいな洋装姿でお雪に会いに行った。古着屋でそろえたものだから、あつらえほど上等ではないにしても、すらりと背の高い安吉にはよく似合っていた。

ふたりがなにを話したのか、行燈部屋の外で待っていた玉扇にはわからない。

二十数年越しの再会から三日と経たぬうちに、お雪は鬼籍《きせき》に入《い》った。

安吉は彩葉楼の主人に暇乞いをし、吉原を去った。行き先は訊《き》かなかったが、心配はしていない。お雪の嘘はいつしか真になったのだ。安吉の嘘もいつの日かほんとうになるかもしれない。いや、きっとそうなるだろう。泉下《せんか》のお雪が彼を守ってくれるはずだから。


鉄輪《てつりん》がガラガラと小気味よい音を立てて石畳《いしだたみ》を嚙《か》む。その楽しげな響きに耳をかたむけながら、直之介は俥に揺られていた。向かう先は、薄暮《はくぼ》に沈む新吉原である。

季節は秋。俥が大門を通ると、ふうわりと清らかな香りが漂ってきた。仲之町の植木柵の中に、色とりどりの菊人形が飾られているのだ。

玉扇こと平野ハナにふたたびめぐり会ったのは、昨年の秋だった。

ふたたび、というからには二度目の邂逅《かいこう》である。

はじめて出会った場所は、廓の外だ。そのとき、彼女はまだ貸本屋の娘だった。

父と口論した数日後のことだったと思う。直之介は柄にもなく昼間から酒を飲み歩いていた。自暴自棄になっていたのだ。自分が母の子ではないと知って。

母だと思っていた人は、育ての母だった。産みの母は吉原の花魁だった。父は花魁が産んだ子を妻が産んだ子と偽《いつわ》り、高坂家の次男として育てたのだ。

花魁は夕星楼のお職だった。自分が妻帯者であることを忘れるほどに、父は彼女に溺れた。いずれは身請けするつもりだったが、当の花魁が断った。彼女は妾になることをいやがった。妻にしてくれないなら、もう二度と来ないでくれと言った。

一時期、父は本気で養母を離縁しようと考えたらしい。なんとか踏みとどまったのは、養母が兄を身籠ったからだ。時をおなじくして、花魁の妊娠が明らかになった。父は彼女を落籍そうとかき口説いたが、花魁は首を縦にふらない。妾になるのはいやだが、自分が産んだ子を引き取ってほしいというのが彼女の希望だった。

父は彼女の望みどおりにした。養母が双子を産んだことにして、異母兄と直之介を同胞《はらから》にしてしまったのだ。花魁は年季明けまでつとめあげると、夕星楼の楼主の内儀におさまった。彼女こそがすでに不帰《ふき》の人となっている先代の女将である。

直之介は自分の出生を疑ったことがなかった。養母は生《な》さぬ仲である直之介をわが子とわけへだてなく育てた。そこにはいささかの理不尽もわずかな悪意もなかった。

自分が養母の子であることを信じて疑わなかったのに、事実はまるでちがっていた。

直之介は父に心から失望し、激しく嫌悪した。養母に対して後ろめたさを感じる以上に、産みの母に対して憤《いきどお》りを感じた。花魁は直之介が父の子だと主張したが、果たして事実なのだろうか。多くの客を相手にしている以上、ほかの客の子である可能性も否定できない。そんな不確かな場所で生まれた子を、父は花魁の言いなりになってわが子とし、妻に育てさせたのだ。養母の悲嘆と苦労はいかばかりであったろうか。

父と花魁が養母を不幸にした。そして、その身勝手なふたりが直之介の両親なのだ。

花魁に骨抜きにされた父を恨み、父親のはっきりしない息子を体《てい》よく片付けた生母を憎んだ。廓という嘘の世界で生をうけた自分を汚らわしく思い、腸《はらわた》を焼く激情を持て余し、酒で憂さを晴らそうとした。その虚《むな》しい悪あがきの果てにハナと出会ったのだ。

日暮れ時であった。浴びるように飲んでも少しも酔えないまま、直之介は溝川《どぶがわ》のほとりを歩いていた。むせかえるような汚水の臭気が自分の忌まわしい生まれにふさわしいような気がした。やり場のない恨めしさが募り、直之介は袂から洋書を取り出した。

それは父から贈られたものだった。今朝までは書棚のいちばんいい場所に置いていたが、出かける前に書棚から引っ張り出して袂に入れた。売り払おうと思ったからだ。しかし、なぜか売ることができず、目的もなく持ち歩いていた。

しばし溝川を眺めていた直之介は、薄汚い水の中に洋書を放り捨てた。そのまま立ち去ろうとしたとき、うしろからぱたぱたと駆けてくる足音が聞こえた。ふりかえると、桃割れに結った少女が背中に担いでいた本箱を地面におろしていた。なにをするのかと思えば、少女は着物の裾をからげてざぶざぶと溝川に入っていく。直之介が呆然《ぼうぜん》としている間に、油の浮いた水面で揺蕩《たゆた》っていた洋書を拾い上げ、岸辺に戻ってきた。

「いらないなら、こんなところに捨てないで人に譲ってください」

少女はつかつかと直之介に歩みより、汚水でぐっしょり濡れた本をつきかえしてきた。

「あなたにとっては価値のないものでも、ほかのだれかにとっては宝物かもしれません」

直之介の背後を真っ赤に染めた夕日が彼女の小さな顔に炎の頬紅をつけていた。

少女が立ち去ったあと、彼女が本箱を置いたあたりで一冊の本を見つけた。その本を手掛かりに貸本屋を訪ねてみたが、あいにく少女は留守だった。

それからしばらく仕事の関係で日本を離れていたため、会いに行けなかった。ようやく帰国して貸本屋に足を運んだとき、彼女は吉原遊郭《ゆうかく》の娼妓になっていた。

生母のことがあるので吉原と聞いて胸が悪くなったが、妙に心懸かりで彼女がいるという彩葉楼をのぞいた。張見世に出ていた平野ハナはもはや少女ではなく、一人前の花魁になっていた。苦々しい喪失感《そうしつ》に襲われつつ、初会きりのつもりで登楼《あが》った。逆光で人相がよく見えなかったせいだろうか、ハナは直之介のことをおぼえていなかった。

気づけば裏を返し、馴染みになっていた。いつまでも床入りしないのを不審がられたので、妹などいないにもかかわらず、死んだ妹に似ていると嘘をついた。

興味、同情、共感……はじめはそれだけだった感情がいまやべつのものを生んだ。

いつもどおり引手茶屋の案内で夕星楼に登楼る。すぐに御内所へ行き、楼主夫妻と話をした。その後、玉扇を呼んでもらう。上草履の物憂げな足音が響き、大輪の菊が咲き乱れる妖艶《ようえん》な裲襠姿の玉扇が現れると、楼主夫妻は気をきかせて席を外した。

「どうか色よい返事をしてくれ」

直之介は居住まいを正した。不安げな面持ちの玉扇をまっすぐに見つめる。

「雷が鳴る日に君の耳をふさぐ役目を、これから先ずっと——僕に任せてほしい」

2/14

岩本 薫

the SECRET CHOCOLATE
is SWEET and
BITTER...DELICIOUS!

written by Kaoru Iwamoto

鈴成播磨　Harima Suzunari

顔に冷たいものが触れるのを感じ、ゆっくりと目蓋《まぶた》を持ち上げると、そこには白い雪片《せっぺん》が舞っていた。

漆黒《しっこく》の空からひらひらと落ちてきた雪の欠片《かけら》が、顔や体に舞い降りては溶けて消える。腫《は》れて熱を持った肌に、一瞬のひやっとした感触が気持ちよかった。

視界に映り込んでいるのは降り注ぐ雪だけじゃない。

右側には雑居ビルの薄汚れた壁。左側にも同じく、煤《すす》けた壁。つまりここは、ビルとビルの狭間《はざま》に横たわる、狭い路地だ。

その路地に、鈴成播磨《すずなりはりま》は仰向けに転がっていた。いや、正確には〝転がされていた〟が正しい。好きで転がっているわけではないからだ。

だとしたら、さっさと立ち上がればいいのだが、体のありとあらゆる場所がひどく痛くてぴくりとも動けない。少し身じろぎしただけで全身に激痛が走った。五人がかりで、寄ってたかって袋叩きにされたのだから、それも当たり前だ。

播磨を容赦《ようしゃ》なくサンドバッグにしたのは、繁華街《はんかがい》を根城にする半グレ集団のメンバーだった。

一カ月前、バイトで貯《た》めた預金を全額引き出して家を出た。

ネットカフェに寝泊まりしていた播磨は、入り浸っていたゲーセンで知り合ったメンバーの一人に「当てがないならうちに来いよ」と声をかけられ、二週間前から半グレ集団のヤサに身を寄せていた。手持ちの資金も少なくなっていたので、その誘いは有り難かった。

雑居ビルの一室に数人で雑魚寝《ざこね》する生活だったが、自分と同じような落ちこぼれの吹きだまりは居心地がよかった。似たり寄ったりの境遇同士、事情を探ってこないのも気楽だ。

家賃と食費のつもりで、こまめに使い走りや雑用をこなした。メンバーのなかで一番年下のせいか、または人一倍小柄なせいか、みんなに「チビ、チビ」とかわいがられた。渋くてかっこいいと密《ひそ》かに憧れていたリーダーにも、「ちょこまか動いてなかなか気が利くな。見所があるぞ」と言ってもらえてうれしかった。褒《ほ》められたことなど、ここ数年、記憶になかったからだ。

家にも学校にもなかった居場所をやっと見つけられた。そう思った。

そんな生活が十日ほど続いた頃、憧れのリーダーに切り出された。

「おまえを見込んでやってもらいたいことがある」

見込んでなどと煽《おだ》てられて心が躍《おど》り、前のめりで尋ねる。

「やってもらいたいこと？　なんスか？」

「簡単なバイトみたいなもんだ。おまえ、掛け子って知ってるか？」

「なんスかそれ」

リーダーの説明によると、掛け子というのは、いわゆる〝振り込め詐欺《さぎ》〟における役割の一つらしい。

高齢者などに電話をかけて騙《だま》す役割の「掛け子」。振り込ませた金融口座から金を引き出す役の「出し子」。金融口座を使わない場合、直接ターゲットに接触して現金を受け取るのが「受け子」。「掛け子」がちゃんと仕事をしているかをチェックする「番頭」。「出し子」や「受け子」が持ち逃げしないかを見張る「見張り」など、それぞれ細分化された役割分担があるようだ。

【もしもし、おばあちゃん（おじいちゃん）？　ひさしぶり。オレ、オレだよ。実はいますごく困っててさ……】

渡された紙には、そんな書き出しから始まるシナリオが印刷されていた。

「な？　簡単だろ？　そこに書いてあるセリフを電話口で読めばいいだけだ」

シナリオは数パターンあったが、すべて〝おばあちゃん〟もしくは〝おじいちゃん〟に呼びかけるフォーマットになっている。それを読んで、リーダーが自分に求めていたものがわかった。

高齢者からみれば孫の年齢に当たる、十六歳という年齢。

はじめから「掛け子」に使うつもりで、部下に声をかけさせたのだ。

今日までの十日間は、実際に使えるかどうか、様子見していたんだろう。

上がっていたテンションが一気にずどーんと下がった。

「やってくれるよな？」

リーダーが猫撫《ねこな》で声で確認してくる。播磨はきゅっと眉間《みけん》に皺《しわ》を寄せた。

孫のフリをして高齢者を騙すなんてあり得ない。ずいぶん前に死んでしまったが、播磨にも祖父母がいた。遠く離れた土地から、いつも孫の自分を気にかけてくれていた。

そういった気持ちを利用して、おばあちゃん、おじいちゃんからなけなしの現金を騙し取るなんて最低のクズのやることだ。

確かに自分は素行不良の家出少年かもしれない。学校にももう長く行ってないし、サイドメッシュを入れてるし、三白眼《さんぱくがん》のせいか目つきが悪いとよく言われる。ポリを見たら条件反射で逃げるクセがついてるし、頭だってたいしてよくないが、それでも、やっていいことと悪いことの線引きはわかっている。

振り込め詐欺の片棒を担《かつ》ぐのは犯罪だ。

「それだけはいやっス。勘弁してください」

拒絶にリーダーが血相を変えた。

「行き場のないおまえを拾って面倒みてやったのは誰だと思ってんだ？　飯食わせて寝床を与えてやったぶんの恩をちゃんと返せ」

低い声で凄《すご》まれて、うっと言葉に詰まる。確かに世話にはなっている。だけど、こんな仕打ちが待っているとわかっていたら、ぜったいに誘いに乗ったりしなかった。それに、播磨自身は、使い走りや雑用で借りをチャラにしているつもりだった。

「明日の朝九時からだ。いいな？」

「…………」

再度の確認にも、俯《うつむ》いたまま返事をせず、その晩こっそりヤサを抜け出した。その後は以前とは別のネカフェに身を隠していたが、三日目の夜の十時頃、シャワーを浴びようとして、替えの下着がないことに気がついた。洗おうと思って共同の洗濯機に入れたまま、ヤサを抜け出してきてしまったのだ。昨日は裏返して穿《は》いたが、三日目はさすがにキツい。コンビニで調達するしかなかった。

夜の闇《やみ》に紛《まぎ》れるようにして、一番近くのコンビニに駆け込む。明るい店内には色とりどりのチョコレートが所狭しと陳列されていた。かわいらしくラッピングされた、それらのチョコには目もくれず、生活用品の棚にまっすぐ直行して、下着を手に取る。

会計を済ませてコンビニを出た。ネカフェに向かって早足で歩き出してほどなく、「いたぞ！」という声が背後から聞こえる。ぱっと振り返ると、見覚えのある男が二人、立っていた。そのうちの一人が播磨を指差して叫ぶ。

「おい、待て！　逃げんな、チビ！」

そう言われて逃げないやつはいない。ダッシュで駆け出し、繁華街をぐるぐる逃げ回ったが、最終的には見知らぬ路地裏に追い込まれ、両側から挟み撃ちにされてしまった。

前に二人、後ろに三人。袋のネズミになったところで、リーダーが登場する。大股《おおまた》で歩み寄ってきた男が、恐《こわ》い顔で睨《にら》みつけてきた。

「播磨、おまえ、なんで仕事バックレてんだ？」

「仕事って……なんスか？」

「掛け子だよ。おまえのために俺が見つけてやった仕事だろ？」

「……仕事じゃないッス」

小声で否定すると、聞き返される。

「なんだあ？　聞こえねーぞ」

ぎゅっと奥歯を噛《か》み締め、播磨は顔を振り上げた。目の前の強面《こわもて》を睨み据《す》えて、声を張り上げる。

「犯罪っス！」

「んだと、こらあ！」

怒声を放ったリーダーに胸座《むなぐら》を摑《つか》まれ、吊《つ》り上げられた。足が地面から浮いて首が絞まる。

「く……苦しっ……」

酸欠で真っ赤になった顔を睨《ね》めつけていたリーダーが、不意に力を緩めた。呼吸が楽になり、踵《かかと》が地面につくかつかないかのタイミングで、どんっと突き飛ばされる。コンクリートに尻餅《しりもち》をついた播磨を、高みから虫けらを見るような目で見下ろしながら、リーダーが部下に指示を出した。

「おい……わからせてやれ」

前後の二人と三人がじりじりと距離を縮めてくる。みんな、少し前まではあんなにかわいがってくれていたのに、いまはまるで悪鬼のごとき形相だ。

「クソチビ、生意気なんだよ！」

「ちょっと甘い顔してたらいい気になりやがって！」

「図に乗ってんじゃねーぞ！」

口々に罵声《ばせい》を浴びせかけて襲いかかってきた。あっという間《ま》に転がされ、馬乗りになってきた男に顔を殴《なぐ》りつけられる。一発目で眼裏《まなうら》に火花が散り、二発目で口のなかに血の味が広がった。降り注ぐパンチを避けようと体をまるめたら、今度はサッカーボールみたいに蹴りまくられる。

四方八方からガッ、ガッと蹴りが入り、頭と顔を庇《かば》うだけで精一杯で、応戦するどころじゃなかった。蹴られるたびに、びくっ、びくっと、まるまった体が撥《は》ねる。

殺される――と思った。中学や高校でしていた喧嘩《けんか》とは、わけが違う。

多勢に無勢で一方的。これは喧嘩じゃなくて、リンチだ。

「やめろ」

頃合いをみてか、リーダーの号令がかかり、ぴたっと攻撃が止《や》む。

「播磨」

名前を呼ばれて、地面に転がったまま、のろのろと顔の前から腕を退《ど》かした。目の端で、傍《かたわ》らに立つリーダーを窺《うかが》う。月を背負ったその顔は逆光で潰《つぶ》れ、表情はわからなかった。

「これでわかったか？　俺たちは仲間で、なにより大切なのはチームワークだ。結束を乱す者は罰《ばつ》を受ける」

なにがチームワークだ、なにが罰だと言い返したかったが、切れた唇が腫れ上がって動かない。

「少し頭を冷やしてから戻ってこい。逃げても無駄だぞ」

そう釘《くぎ》を刺し、部下を引き連れてリーダーが立ち去ってから——どれくらい時間が経《た》ったのだろう。

「…………」

傷だらけの体を狭い路地に横たえた播磨は、身じろぎもできずに、ただ降ってくる雪を眺めていた。

（くだらねえ……）

徒党《ととう》を組むことでしか生きられないあいつらも。

そこにしか居場所を見つけられなかった自分も。

雪が降り積もるにつれて、体がシンシンと冷えてくる。手の指の感覚はすでになかった。

体温が下がるのに伴《ともな》い、強烈な眠気が襲ってきて目を閉じる。

眠ってはいけないと本能が訴えていたが、目蓋が重くてどうしても目を開けていられない。さっきまで鮮明だった痛みも、だんだんと薄れてきた。

このまま死ぬのか。……それもいいかもしれない。

どうせ、どこにも居場所なんかないし、誰にも必要とされていないんだから。

母親が幼い妹を連れて出て行き、もともと外に女がいた父親も当面の生活費だけ置いて帰ってこなくなって、〝家族〟は空中分解した。人と馴《な》れ合わないせいか、学校でもずっと浮いた存在だった。お行儀のいいクラスメイトたちには遠巻きにされ、教師には扱いづらいと疎《うと》まれた。

空っぽの家に帰りたくなくて、繁華街でふらふらしていた自分を拾ってくれた半グレ集団のリーダーも、結局は使い勝手のいいコマが欲しいだけだった。高齢者をターゲットにした犯罪行為を強《し》いて、拒《こば》めば鉄拳《てっけん》の制裁が待っている。

あんなのは……仲間でもなんでも……な……い……。

意識がゆっくりと遠ざかっていく。

漆黒の闇のなかから、にゅっと手が伸びてきて、襟《えり》首を摑まれ、ずるずると引きずり込まれる——そんなイメージが浮かんだ次の瞬間、播磨の意識はフェイドアウトした。

気がつくと、あたたかい部屋のなかだった。

じわじわと目蓋を持ち上げた播磨は、視界に映り込んだ見知らぬ天井に、ぱちぱちと両目を瞬《しばた》かせた。

最後の記憶では、雪がちらつく路地裏に倒れていたはずなのに……なんで暖房の効いた室内にいるんだろう。しかも、ちゃんと布団に寝かされている。

(ここ……どこだ?)

起き上がろうとして、少しかすれた声に「まだ起きてはいけません」と制止された。

男の人が目の隅《すみ》に映ったので、さっきの声の主はこの人だったのだとわかる。銀色の髪に丸眼鏡。帰ってこなくなった播磨の父親よりもだいぶ年上だ。

「あれ? 俺……」

口のなかがあちこち切れているらしく、ピリっとした痛みを感じながら、ひとりごちる。

「店を閉めて帰ろうと思って裏口を開けたら倒れていたのです。ここは私の部屋です」

簡潔な説明で理解した。

どうやら、見ず知らずの男性に助けてもらったらしい。

恐縮した。雪で濡《ぬ》れていただろうし、いくら自分が小柄とはいえ、意識のない人間を部屋まで運ぶのは大変だったに違いない。

「迷惑かけちゃってすみません……。もう大丈夫なんで出ていきます」

謝罪の言葉を紡《つむ》ぎ、もう一度起き上がろうとする播磨を、初老の男性はふたたび制した。肩に手を置いて「まずは怪我《けが》の手当てをしましょう」と宥《なだ》めるように言う。

「見たところ、打撲《だぼく》がメインのようですからシップをして、それから、なにか体があたたまるものを飲んだほうがいいですね」

そののち、言葉どおりに手際よく手当てをして、ホットミルクを作ってくれた。切れた口の粘膜《ねんまく》に少ししみたけれど、体はぽかぽかになる。空のマグカップを播磨から受け取った男性が「病院に連れていくべきか、悩みましたが」と口を開いた。

「そうしないほうがいいのではないかと思いまして。呼吸と脈はしっかりしていましたし、骨に異常もないようでしたので」

おそらく、播磨の怪我の様子から、喧嘩だと察しがついたのだろう。

病院で一方的な暴力を受けたことが判明して、警察に通報されるのは避けたかったので、そう判断してくれて助かった。

父親はいまだに自分が家を出たことに気がついていないようだが（気がついていたら、携帯に連絡してくるとか、なんらかのアクションがあるはずだ）、警察沙汰《ざた》になれば、保護者として呼び出される。そうしたら、家出がバレ、学校に行ってないことも芋《いも》づる式にバレてしまう。

「……ありがとうございます」

もちろんそこまで推測したわけではないだろうが、どうやら事情がありそうだと察して、気を回してくれたのであろう男性に礼を述べた。

「いえいえ、無事に意識が戻ってよかったです」

そう言って男性が微笑《ほほえ》む。恐縮する播磨の心を解きほぐそうとするかのような、穏やかでやさしい笑みだ。

自分みたいな不良のガキにまで丁寧な言葉遣いをしてくれる彼は、顔立ちも上品で、身のこなしや仕種に、年齢を感じさせないしなやかさがあった。

（一体なにをしている人なんだろう。さっき〝店の裏口〟って言ってたけど）

内心の疑問が顔に出ていたのかもしれない。男性が不意に、布団の傍らで居住まいを正した。

「申し遅れましたが、私《わたくし》、桜庭《さくらば》と申します。ここから歩いて三分ほどのフレンチレストランに勤めております」

先に自己紹介されてしまった。起き上がれば、また押しとどめられると思ったので、横になったまま名乗る。

「鈴成播磨ッス。歳《とし》は……十八ッス」

とっさに嘘《うそ》をついた。二つサバを読んだのは、正直に十六だと申告すると、高校生であることがわかってしまうからだ。身長のせいか実年齢より下に見られることが多いので（舐《な》められたくなくてサイドメッシュを入れているくらいだ）、十八は無理があるかなと思ったが、桜庭は訝《いぶか》しむ様子もなくうなずいた。

「学生さんですか？」

「いや、えっと、フリーターっていうかアルバイターっていうか」

嘘は嘘を呼ぶ。これ以上突っ込まれたらボロが出そうだったので、逆に質問する。

「フ……フレンチレストランってシェフとか？」

「いいえ、フロアで働いております」

「フロア？」

「お料理を運んだり、お客様からオーダーをお聞きしたりする仕事です」

「ああ……」

たまに行く定食屋の、お運びのおばちゃんを思い起こした。あんな感じか。

ちゃんとしたフレンチレストランというものに播磨は入ったことがないが、さすがに定食屋とはレベルが異なる接客をするのだろう。仕事での物言いが染みついていて、誰に対しても無意識にこういったしゃべり方をしてしまうのかもしれない。

「まだ動くのも辛いでしょう。よろしければ、今日はこのまま泊まっていってください」

桜庭の申し出に、「えっ、でも」と狼狽《うろた》えた。知り合いでもなんでもない赤の他人に、そこまで甘えられない。

「狭い部屋ですが、布団を二組敷くスペースはありますし、ご家族に外泊の許可を取ったほうがよろしいようでしたら、私から説明いたします」

「ご家族……はいないっス」

一人暮らしだとか、適当なことを言って誤魔化《ごまか》せばよかったのに、なぜか今回は嘘がつけなかった。

「いない？」

「前はいたけど……いまはいない」

どういう意味か追及されるかなと思ったが、桜庭は「……そうですか。わかりました」と言うにとどめ、身上調査を続ける代わりに「おなかが空《す》いてませんか？」と尋ねてきた。

「おなか……」

最後まで言う前に、ギュルルルと腹の虫が鳴る。

（あっ、ばか！）

考えてみたら昼に食べたきりだ。それにしたって、自分の体のベタなリアクションに顔が熱くなる。

「す……みません」

小声で謝る播磨ににっこり微笑んで、桜庭が立ち上がった。

「早く元気になるためにも、なるべく栄養をつけたほうがいいです。消化にいいものをなにか作りましょう」


「私は構いませんので、怪我が治るまでここにいてください」

桜庭の心が広いのをいいことに、「治るまでだから」と自分に言い訳し、一日、また一日と日延べして——十日も居着いてしまったのは、アパートの部屋がちょうどいい間取りで居心地がよかったからだ。

八畳一間に三畳のキッチン、風呂とトイレは別で、小さなベランダがついている。全部で六世帯の、こぢんまりとした二階建てアパートの二階の角部屋。南向きで日当たり良好。お世辞にも広いとは言えないが、無駄なものがなくて、いつもすっきりと片付いているためか、窮屈《きゅうくつ》な感じはしない。

播磨の家は3LDKのマンションで、四人家族だったときは適度な間取りだったが、一人で暮らすには広すぎた。また、一時期世話になっていたヤサは、六畳一間を三人でシェアする形だったので、プライベートもなにもあったものではなかったし、三人分の私物が溢《あふ》れて足の踏み場もなかった。

その点、このアパートは、いろんな意味でちょうどいい。

さらに、播磨的にポイントが高いのは、桜庭の作る料理だった。

どれも味つけがやさしく、どこか懐かしい味で、人工調味料の味がして油分過多なファストフードとはまったく違う。食べるたびに、家族が揃《そろ》っていた時代の、母親の手料理を思い出した。あの頃はまだ、父親もちゃんと家に帰ってきていた。

桜庭いわく、「勤務先のシェフの賄《まかな》いを、私なりに家庭料理にアレンジしています」だそうだ。桜庭はシェフを「まだ若いですが、とても才能のあるひとです」と言って、その才能に尊敬の念を抱いているようだった。

桜庭が勤めるフレンチレストランは、夜の六時開店で十時半閉店。業務形態に合わせて、桜庭は三時に出勤し、十一時には後片付けを終えて店を閉め、十一時二十分にアパートに戻ってくる。

家主が留守のあいだ、まだ満足に動けない播磨は、部屋のなかでテレビを観《み》たり、スマホで動画を観たり、ネットゲームをしたりして過ごした。朝と昼は桜庭と一緒に食べ、夜は出勤前に桜庭が作り置きしていってくれる料理をあたためて食べた。

桜庭は、居候《いそうろう》でタダ飯食らいの播磨に、小言一つ言わない。甲斐甲斐《かいがい》しく面倒を見てくれて、いっさい見返りを求めなかった。

これは年齢的なものなのか、いつも穏やか。いや、桜庭と同じくらいの歳でも、キレやすくて傲慢《ごうまん》なオヤジは掃いて捨てるほどいるから、年齢じゃない。きっと桜庭が持つ本来の性質だ。忍耐強くて、播磨のくだらないダベリにも、嫌な顔一つ見せずにつきあってくれる。にこにこと笑顔で相槌《あいづち》を打ってくれるので、ついしゃべりすぎて、就寝が遅くなることもしょっちゅうだった。

立ち居振る舞いに品があるし、いつまで経っても丁寧な言葉遣いのままだし、これまでに会った誰とも似ていない。正直、なにを考えているのかわからないと思うこともある。

口に出して「出ていけ」と言われないからといって、ずるずると甘えていいわけではないのはわかっていた。桜庭の人のよさにつけ込んではいけない。

（わかってる）

自分たちは、縁もゆかりもない他人なんだから……。

二週間目には顔の痣《あざ》は跡形もなく消滅し、体の痛みもなくなって、普通に動けるようになった。

怪我も治ったことだし、そろそろここを出ていかなければ……そう思いつつも、桜庭もなにも言わないので、なかなか踏ん切りがつかない。

この二週間で、穏やかで日だまりみたいな生活にどっぷり首まで浸かってしまい、すっかり腑抜《ふぬ》けになってしまった。また昔の殺伐《さつばつ》とした、虚無《きょむ》な日常に戻る勇気が持てない。

とりあえず、桜庭が邪魔に感じている素振りを少しでも見せたら、出ていこう。そんなふうに人任せにして、決断を棚上げにする。

そうは言っても、いまのままでは桜庭に甘えすぎだ。せめてもの恩返しとして、食費と家賃の一部を負担したいと思った播磨は、バイトの面接に出かけた。

外出は実に二週間ぶり。半グレ集団のメンバーに見つかるリスクを考慮して、周囲を警戒しながら面接先へと向かう。

彼らがまだ自分を捜しているかどうかはわからない。桜庭のアパート自体、彼らのテリトリーから外れているし、そもそも彼らは自分について名前しか知らない。メンバーの携帯番号は着信拒否に設定したので、ばったり鉢合わせでもしない限りは、向こうが自分の居場所を捜し当てるのは不可能だ。それでも一応念のために、バイト先は彼らのテリトリーからだいぶ離れた場所を選んだ。

人手不足のせいか、一件目のコンビニで即採用が決まり、明日からでも来てほしいと言われる。桜庭に話したら、「体が動くようになって、播磨くんも日中暇でしょうから、ちょうどよかったですね」と喜んでくれた。

バイト初日は緊張した。コンビニのバイトは過去に経験があったが、ひさしぶりで勘が鈍っているだろうし、二週間室内でゴロゴロしていたので、体力も心許《こころもと》なかった。

なんとか無事に一日を終えて帰宅。久々の社会復帰に興奮気味の播磨は、帰ってきた桜庭を玄関で摑まえて、その日一日に起こったあれこれを一時間も立ち話してしまった。仕事で疲れているだろうに、桜庭は始終にこにこと相槌を打ち続けてくれた。

その後も幸い、半グレのメンバーと顔を合わせることのないまま、一カ月が過ぎた。

もう大丈夫だと、張り詰めていた糸が緩んだ頃、給料日がやってきた。播磨は、オーナーから渡された封筒を懐《ふところ》に大事にしまって、アパートに持ち帰った。仕事から戻ってきた桜庭に、封筒ごと手渡しする。

「これ、少ないけど、これまでの家賃と食費っス」

喜んでくれると思ったのに、桜庭は首を横に振った。

「受け取れません。そのお金は播磨くん自身のために使ってください」

「え……でも……」

「当面使う当てがないならば貯金してください。この先、やりたいことができたときのために」

いつもと違う、やや厳しい表情でぴしっと言い切られ、それ以上はなにも言えなくなった。

とはいえ、受け取ってもらえないからといって、生活費のすべてを桜庭に依存した状態は、肩身が狭い。バイトをした意味もない。なにか打つ手はないかと、ない頭を絞って考えた結果、桜庭が働くフレンチレストランのディナーを食べに行くことにした。少しでも売り上げに協力したかったのだ。

「俺、ちゃんとしたフレンチって食べたことなくて……一度、桜庭さんのお店で食べてみたいんだけど」

そう切り出したら、桜庭は少し意外そうな顔をしたが、すぐにうれしそうに微笑んで、予約を入れてくれた。

予約の当日は、持っているアイテムのなかで一番きちんとして見える服（といっても白シャツとカーディガンとボトム）をダウンジャケットの下に着込み、六時ぴったりに店に入った。

スーツ姿の桜庭がドアを開けてくれて、「六時にご予約の鈴成様ですね」と確認する。初めて名字で呼ばれ、店のなかでは、スタッフと客なのだと改めて認識した。桜庭に恥をかかせないように、抜かりなく振る舞わなければ。

「はい、そうです」

「ジャケットをお預かりします。――こちらへどうぞ」

案内されたのは、窓際の二人席だった。真っ白なテーブルクロスがかかっており、赤い薔薇《ばら》の花が一輪飾られている。桜庭が椅子《いす》を引いてくれて、恐縮しながら腰掛けた。

目の前にはナプキンが載ったお皿が一枚。それと空のグラス。

「ようこそいらっしゃいました。こちらが当店のメニューになります」

桜庭が差し出したメニューを開いてみたけれど、料理の名称も食材の名前も詳しくないので、なにをどう選べばいいのか、皆目見当もつかない。困っていたら桜庭が、「こちらのコース料理はいかがでしょう」と助け船を出してくれた。

「季節の食材が満遍《まんべん》なく使われておりますし、シェフのスペシャリテも含まれております。

メインはお肉とお魚が一皿ずつ、デザートが二皿で、合計七皿の構成です。分量的にもお客様にちょうどよろしいかと」

「あ、じゃあ、それで」

「お飲み物はノンアルコールがよろしいですね。お料理の味とぶつからないものとなりますと、炭酸入りのミネラルウォーターはいかがでしょう」

「それでいいです」

「かしこまりました」

一礼して去っていく桜庭の後ろ姿を目で追った。初めてスーツ姿を見たが、銀の髪と丸眼鏡にしっくり調和していて、さすがベテランの着こなしという感じがする。

その後、料理が運ばれてきたが、どの皿もオブジェや絵画みたいな盛りつけで、思わず見入ってしまった。食べるのがもったいなかったが、おそるおそる口に運んだら、自分の貧困《ひんこん》なボキャブラリーでは表現できないような複雑な味で感動した。こんなにきれいで美味《おい》しい料理を生み出すシェフはすごい。桜庭が尊敬するだけのことはある。

ただ播磨的には、それにも増して、料理と料理のあいだの時間が楽しかった。桜庭が働く様子を観察することができたからだ。

運んできた料理をテーブルにサーブする際の、優美な身のこなし。料理を説明する、流暢《りゅうちょう》で聞きやすい声。ワインやシャンパンの栓《せん》を抜いて、グラスに注ぐ姿の凜《りん》とした佇《たたず》まい。

カトラリーをセットしたり、使用済みの食器を下げたりと、常に立ち働いているのに、動作が流れるようになめらかなせいか、客の会話や食事をまるで邪魔しない。後ろにも目があるのかと思うくらい、店内を隈無《くま》くチェックしており、なにか不都合があればさっと近寄って、さりげなくフォローする。それがまた押しつけがましくなく、スマートで。

播磨もコンビニで、一応接客業のバイトをしているので、それがどんなにすごいことかがわかる。

びっくりした。正直言って舐めていた。単なる〝お運び〟だなんてとんでもない。

（桜庭さん、かっこいい！）

最後に、桜庭が手ずからドリップしてくれたコーヒーがまた美味しくて！

こんなに美味しいコーヒーを飲んだのは、生まれて初めてだった。

盛りつけもきれいで、美味しいものをたくさん素敵な空間で食べた満足感に、ふーっとため息が零《こぼ》れる。アルコールを呑《の》んでいないのに、なんだか酔いが回ったような気分だ。

（いいなあ）

自分もこんなふうに働きたい。……桜庭みたいになりたい。

「桜庭さんは、パリを代表する超有名カフェで日本人で初めてギャルソンになった人で、そののち三つ星フレンチレストランでメートル・ドテルを務めたことでも有名なんだ。〝伝説のデシャップ〟とも呼ばれている」

そう教えてくれたのは、初めてお店に行ったときに桜庭に紹介してもらったシェフの平良《たいら》だ。厨房《ちゆうぼう》に挨拶《あいさつ》に行ったら、「桜庭さんと一緒に暮らしているんだって?」と話しかけてきて、桜庭が席を外した隙《すき》に、本人は語らない華麗《かれい》な遍歴を教えてくれた。

ギャルソンはわかったけれど、メートル・ドテルとデシャップがわからなくて、あとでスマホで調べた。

給仕長とか支配人とかフロア主任とか、諸説あるけれど、とにかく、現場を仕切る人のことらしい。

播磨的には「レストランやカフェの空気を支配する人」というのが、一番しっくりきた。まさしく、あの日の桜庭は、お店の空気を支配していた。

(こんなにすごい人だったなんて)

桜庭自身はとても謙虚で、自分のすごさをひけらかしたりしないので、一緒に住んでいると全然オーラや圧を感じないのだが……。

働く桜庭を見るのがくせになってしまい、給料日のたびに、自分へのご褒美としてお店に通って、三カ月ほど経ったある夜のことだった。ローテーブルで向かい合った桜庭から、「お話があります」と切り出された。いつになく神妙な顔つきに、胸騒ぎがする。

「なに？」

「実は、今度シェフが新しいお店に移ることになったのです。新しいお店には、私も一緒についていくことになりました」

「それって……いまの店を辞めるってこと？」

「はい。今度のお店は中目黒《なかめぐろ》のカフェです」

「中目黒……」

ここからずいぶんと遠い。いまのアパートはフレンチレストランから徒歩三分の距離だから、勤務地の変更に伴い、引っ越すことになるだろう。

急にぶるっと震えがくるほどの寒気が走り、脳裏に〝潮時〟という言葉が浮かんだ。

この四カ月、ずっと心の片隅で思っていた。……わかっていた。

どんなに居心地がよくても、永遠にここにはいられない。いつかは出ていかなければならないこと。

わかっていたのに、直視したくなくて、目を逸《そ》らし続けてきた。

でももう、逃げることは許されない。

(言おう)

桜庭から切り出される前に自分から言おう。きっと桜庭からは言いづらいだろうから。

──じゃあ、ちょうどいい機会だから、俺も家に帰ります。

脳内でいったんセリフを諳《そら》んじてから口を開く。意を決し、いままさに発しようとしたタイミングで「播磨くん」と呼ばれた。

「もしよろしければ、新しいお店で一緒に働きませんか」

「えっ」

あまりに予想外の提案に虚を衝《つ》かれ、正面の顔を見つめて固まる。

(……マジ?)

いまの生活の〝解散〟を覚悟していたのに、この先も続けられるってこと?

しかもそれだけじゃなくて、桜庭と一緒に働ける?

にわかには信じられなかったが、目の前の桜庭の表情は至って真面目だった。ふざけたり、冗談を言っているとは思えない。

「今度のお店は一から新しく作るので、フロアの人選は私に任せていただけることになっているのです。もちろん、播磨くんに興味があればですが」

「やる！」

気がついたら大きな声を出していた。

「迷惑かけちゃうかもしれないけど、やりたいッス！　やらせてください！」

前のめりに言葉を重ねる播磨に、桜庭がほっとしたように息を吐く。

「そう言っていただけてよかったです」

播磨も必要以上に体に力が入っていたのが一気に抜けて、テーブルに突っ伏しそうになったが、そうする前に重大なことを思い出した。

「あっ……」

どうするか悩んだ。これを言えば、いまの提案は白紙になってしまうかもしれない。

それでも、未来の話をしてくれた桜庭に、これ以上嘘はつきたくない。

「あの……桜庭さんに……謝らなきゃいけないことがあります」

カサカサに渇いた唇を何度も舐めつつ、播磨は告白した。

「俺……本当は十六なんス。高校はもうだいぶ前から行ってなくて……いままで嘘ついててごめんなさいっ！」

謝るなり、ばっと頭を下げる。ローテーブルに額《ひたい》を擦《こす》りつけていると、ややあって、桜庭の落ち着いた声が聞こえてきた。

「なんとなくですが、知っていました」

がばっと顔を上げる。

「知ってた!?」

「十八にしては、その、かわいらしいと申しますか……きっと本当はもう少し若いのだろうな、と」

そう説明する桜庭の顔や声からは、播磨を責めるニュアンスは感じられなかった。

この人は、嘘をついているのをわかっていて……その上で、自分を受け入れてくれていたのだ。

胸の奥がじわっと熱を帯びる。

播磨はぎゅっと両手を握り締めて、「あのっ」と身を乗り出した。

「俺……一度家に帰って、いろんなことを片付けてきます」

家を出てからの数カ月、父親から連絡はなく――それをいいことに、こちらからも連絡をしていなかった。だがいい加減、逃げ続けていないで、会ってきちんと話をしよう。中途半端な状態の学校にもケジメをつける必要がある。

「それで、いろいろちゃんとしてから、もう一度桜庭さんのところに戻ってきます」

きっぱり言い切ると、桜庭が「わかりました」とうなずいた。

「私は播磨くんが戻ってくるのを待っています」

桜庭永礼　Nagare Sakuraba

――俺……一度家に帰って、いろんなことを片付けてきます。それで、いろいろちゃんとしてから、もう一度桜庭《さくらば》さんのところに戻ってきます。

――私は播磨《はりま》くんが戻ってくるのを待っています。

そう言って送り出したものの、もし戻ってこなかったとしても、それはそれで仕方がないと自分に言い聞かせていた。

だから約一カ月後、播磨が宣言どおりに、ふたたび桜庭の前に姿を現したときは、涙が出るほどうれしかった。滲《にじ》んだ涙は袖口《そでぐち》で隠したけれど。

「桜庭さん、ただいま」

「播磨くん、お帰りなさい」

帰ってきてくれただけで充分だったから、なにをどう片付けてきたのかは、あえて聞かなかった。

あれから一年半。

中目黒《なかめぐろ》は目黒川沿いに建つリバーエッジハウスの一階『Riveredge Cafe《リバーエッジカフェ》』で、フロアスタッフとして働き始めた当初、播磨は気合いが空回りしてか、ミスばかりしていたし、お客様に対する言葉遣いもなっていなかった。

フロアチーフという立場上、公私はきちんと分けなければならない。また播磨自身のためにも、まだ頭と体が柔軟なうちに、しっかりと基礎を身につけさせるべきだ。

そう思った桜庭は、心を鬼にして厳しい訓練を課した。それに播磨も熱意で応《こた》え、徐々にではあったが、お客様のことを第一に考えて動けるようになってきた。

カフェのスペシャルブレンドも、業務時間外の猛特訓の甲斐《かい》あってか、桜庭が淹《い》れる味にかなり近づいてきた。最近では、手が空《あ》かない桜庭に代わってドリップを担当してくれるので、とても助かっている。

いまさっきも、お客様が帰る気配にいち早く気がつき、先回りしてレジに立った。会計後、率先してドアを開け、姿が見えなくなるまで見送る背中に、フロアスタッフとしての矜持《きょうじ》が垣間《かいま》見える。その後も、さっと空席になったテーブルに戻り、使用済みのグラスやカップをトレイに載せ、ダスターで卓上を拭き、バッシングした食器を厨房《ちゅうぼう》に下げに行った。若さ溢《あふ》れるきびきびとした動きが、見ていて清々《すがすが》しい。

動作だけでなく、顔つきも生き生きしていて、それが桜庭にはなによりもうれしかった。

二年前、路地裏に傷だらけで倒れていた彼を拾ったときは、こんな日が来るとはゆめゆめ思わなかった。

二十代、三十代はフランスでの修業に明け暮れ、四十過ぎて日本に帰国するのを待ち構えていたかのようなタイミングで、両親が相次いで倒れた。二人の介護と、新しく勤め出したお店の業務に追われるうちに時機を逸してしまい——結局、家庭を持つことのなかった自分にとって、播磨はもはや家族同然だ。

血の繋《つな》がりはなくとも、息子のような……。

そう心のなかでつぶやきかけて、桜庭はふっと自嘲《じちょう》する。

(いやいや、年齢的には孫ですかね)


ところが、その播磨の様子がこのところおかしい。業務終わりに、「一緒に帰りましょう」と誘っても「あ、俺、ちょっと用があるんで先帰っててください」と断ってくるのだ。

一度なら気にしないが、今日で三日連続。カフェで共に働き始めて一年半、こんなことはいままでなかった。

しかしよく考えてみれば、播磨と自分は、職場も同じで帰る場所も一緒だ。

もしかしたら……二十四時間顔をつきあわせる生活が、息苦しくなってきたのだろうか。

播磨も十八歳。見た目は出会った頃とあまり変わらず、いまだに少年の面影を残してはいるが、立派に働いているし、もう子供じゃない。自分の時間が欲しいのだろう。

これは成長の証《あかし》なのだ。

そう自分に言い聞かせても、心模様はいま一つ晴れない。胸に巣くう憂鬱《ゆううつ》な気分を持て余しつつ戸締まりを終え、『Riveredge Cafe』を出た。浮かない顔つきで目黒川沿いの沿道を駅に向かって歩き始めた桜庭は、ほどなくして、道の先に人だかりを認めて足を止める。チョコレートファクトリーの前だ。

ここはカカオ豆からチョコレートになるまでの工程を店内で一貫して行う〝Bean《ビーン》 to《トゥ》 Bar《バー》〟で有名な人気店だ。

ここのショコラティエと、シェフの平良《たいら》が年齢も近くて親しいので、カフェで出すチョコレートケーキは、こちらの店から仕入れたクーベルチュールを使っている。

それにしても、確かに人気店ではあるが、こんな時間まで道にお客さんが溢れているのはめずらしい……と考えていて、はたと気がついた。

（そうでした。もうすぐバレンタインデーでしたね）

イベントごとにすっかり疎《うと》くなったのを実感するのと同時に、ふっと記憶が蘇《よみがえ》る。そういえば、昨夜遅くに帰宅した播磨から、チョコレートの甘いにおいがした。今朝、洗濯したカットソーの袖口についていた茶色いシミは、チョコレートではなかっただろうか。

思考の流れで、つい先程も業務が終了するやいなや、そそくさと厨房に入っていった姿を思い起こす。

（もしかしたら）

播磨は終業後、シェフにチョコレート作りを教わっているのではないか。

つまり――バレンタインに手作りチョコをあげるような、想い人ができた……？

通常は女性から男性にチョコレートを渡して告白するものだが、最近は女性同士でチョコレートを渡し合う「友チョコ」や、男性から女性に送る「逆チョコ」もあるのだと、今朝の情報番組でやっていた。

播磨の場合は、その「逆チョコ」なのかもしれない。

導き出した解答に、桜庭は感慨《かんがい》深い心持ちになった。

……いつの間《ま》に恋をしていたのだろう。

どんな女性なんだろうか。カフェのスタッフやアルバイトの女性の顔を思い浮かべる。

特別に親しそうな女性はいなかった気がするが、自分の見ていないところで交流があったのかもしれない。または、お店のお客様の可能性もある。常連客のなかには、若くてかわいらしい女性がたくさんいる。

播磨はバレンタインまでに、「好きな人ができた」と打ち明けてくれるだろうか。

これまでは、包み隠さずになんでも話してくれたけれど……。

もし、打ち明けてくれたら、全力で背中を押して応援しよう。

そう心に決めた桜庭は、ふたたび川沿いの道を歩き出した。


バレンタイン当日がやってきた。

その日、カフェは一日忙しかった。近隣のチョコレートファクトリー目当てのお客様が、休憩がてらカフェに立ち寄ることが多かったためだ。

バレンタイン合わせの新メニューである〝ショコラ・ミルフィユ〟もよく出た。お客様のなかには、「今日バレンタインなので、チョコレートケーキが食べたくて」とおっしゃる女性の方、「チョコをもらえないから、自腹で食べます」と冗談交じりにおっしゃる男性の方もいた。いずれにしても好評で、夕方には売り切れ、新メニューを開発したシェフも喜んでいた。

働き尽くめの一日が終わり、桜庭がレジを締めているあいだに、気がつくと播磨はいなくなっていた。「先に帰ります」の一言もなく……。おそらく、一刻も早く想い人に手作りチョコを渡したくて、気が逸《はや》っていたのだろう。

結局、今日まで、シェフにチョコレート作りを教わっている話は出なかった。播磨は一日に起こったことをなんでも話してくれて、カフェテーブルでお茶を飲みながらそれを聞くのが楽しみでもあったので、少し寂しかった。

だがそれも、年齢の開きを考えれば仕方がないことなのかもしれない。恋愛の相談相手になるには、自分は歳《とし》を取り過ぎている。これまで、ジェネレーションギャップを感じたことはなかったが、急に自分の老いをひしひしと痛感した。

今日の告白で恋が実り、恋人ができたら、播磨の一番は彼女になるだろう。彼女と過ごす時間が徐々に増えていき、そうしていつの日か、自分のもとから巣立っていく。

どんな子供も、こうやって少しずつ段階を踏んで、親離れしていくものなのだろう……。

（私もそろそろ子離れしなくては……）

自分に言い聞かせるそばから、石畳《いしだたみ》にため息が零《こぼ》れ落ちる。一日立ち働いたせいで痛む腰と膝《ひざ》の関節を庇《かば》うようにゆっくりと、桜庭は川沿いの道を駅に向かって歩き出した。

一年半前に越してきた住居は、八世帯と小規模ながらも一応マンションだ。間取りは2LDKで、ちゃんと播磨の部屋もある。二人で不動産屋を回って決め、引っ越しも二人でした。いまとなっては懐かしい思い出だ。

廊下に面した窓は暗かった。播磨はまだ帰っていないようだ。今夜は遅くなるのかもしれない。

鍵を差し込んで回し、ドアを開けた桜庭は、電気を点《つ》ける前にいきなりぱっと明るくなった室内に驚いた。

「お帰りなさい！」

目の前に満面の笑みの播磨が立っていて、二度驚く。

「播磨くん？」

「上がって、上がって」

三和土《たたき》に立ち尽くしていたら、腕を摑《つか》まれて引っ張られた。状況がよくわからないままに室内に足を上げ、リビングダイニングに連れていかれる。

「……これは？」

新作の〝ショコラ・ミルフィユ〟がカフェテーブルに載っていた。しかし、シェフが作るものとはだいぶ違う。形がいびつで、素人臭《しろうと》さが否《いな》めない出来映《できば》えだ。

「もしかして……播磨くんが作ったのですか？」

「うん、まあ、出来はアレなんだけど」

へへへと照れくさそうに笑う。

「私はてっきり……バレンタイン用のチョコを作っているのかと……」

「バレンタイン？　そうそう、バレンタイン合わせの新作ケーキのレシピをシェフに教わって、居残り練習して。これは昨日の夜に仕込んで今日の昼休憩で仕上げて、冷蔵庫の奥に隠しておいたんだ。って……あれ？　永礼《ながれ》さん、今日がなんの日か覚えてない？」

問いかけに、桜庭は考え込んだ。自分の誕生日でも、播磨の誕生日でもない。バレンタイン以外に思いつかなかった。

「バレンタインデー……ではないのですか？」

「それもあるけど、今日は永礼さんが俺を拾ってくれた日だよ」

「………え？」

そういえば、あれは雪がちらつく二月の寒い日だった……。

いまだに目を閉じれば、うっすら雪を被って横たわっていた少年の姿が蘇る。死んでいるのではないかとドキドキしながら近づき、脈を感じたときには心の底からほっとした。

「あのときのこと、いつかきちんとお礼を言いたかったんだけど、俺がある程度仕事ができるようになってからって思ってて。去年はまだ全然だったから……」

「播磨くん」

「いまもまだ〝伝説のデシャップ〟の足元にも及ばないけど、それでもやっと最近、ちょっとはカフェの役に立てているのかなって」

面はゆい表情でつぶやき、播磨が肩をすくめる。だがすぐに姿勢を正して、まっすぐ桜庭を見つめてきた。

「……永礼さん、ありがとう」

改まった、真剣な面持ちで、感謝の言葉を紡《つむ》ぐ。

「俺を拾ってくれて……家族になってくれてありが……」

不意に言葉が途切れ、顔がくしゃっと崩れた。唇をわななかせ、子供みたいにぽろぽろと大粒の涙を零す播磨に、桜庭は黙って近づく。嗚咽《おえつ》を堪《こら》えて震える肩を、そっと抱き寄せた。初めて会ったときは、自分が抱え上げられるほど華奢《きゃしゃ》だった少年の肩が、いつの間にか厚みを増し、いままさに成人期の入り口に立とうとしているのを感じる。

彼の家庭の事情は、いまもなにも知らない。なんでもあけすけに話してくれる播磨が、それに関してだけは語りたがらなかった。

時が経《た》てば、いつか話してくれるかもしれないと思っていたが、もう、知る必要はないのだと思った。

自分たちは家族だ。

たとえ血の繋がりはなくとも、たった二年の関わりでも、お互いがそう思えば、家族なのだ。

「……コーヒーを淹れます」

桜庭は、嚙《か》み締めるように言った。

本物の家族になった記念日に、心を込めて、これまでで一番美味《おい》しいスペシャルブレンドを淹れよう。

そうして二人でとっておきの――。

「ショコラ・ミルフィユを食べましょう」

※この作品はフィクションです。実在の人物・団体・事件などにはいっさい関係ありません。

集英社オレンジ文庫をお買い上げいただき、ありがとうございます。
ご意見・ご感想をお待ちしております。

● あて先
〒101-8050　東京都千代田区一ツ橋2-5-10
集英社オレンジ文庫編集部 気付
今野緒雪先生／岩本　薫先生／我鳥彩子先生／
はるおかりの先生／櫻川さなぎ先生

秘密のチョコレート

チョコレート小説アンソロジー

集英社
オレンジ文庫

2019年1月23日　第1刷発行

著　者　今野緒雪
　　　　岩本　薫
　　　　我鳥彩子
　　　　はるおかりの
　　　　櫻川さなぎ
発行者　北畠輝幸
発行所　株式会社集英社
　　　　〒101-8050東京都千代田区一ツ橋2-5-10
　　　　電話【編集部】03-3230-6352
　　　　　　【読者係】03-3230-6080
　　　　　　【販売部】03-3230-6393（書店専用）
印刷所　凸版印刷株式会社

※定価はカバーに表示してあります

ISBN 978-4-08-680235-2 C0193

コバルト文庫　オレンジ文庫

「ノベル大賞」

募集中！

小説の書き手を目指す方を、募集します！

幅広く楽しめるエンターテインメント作品であれば、どんなジャンルでもＯＫ！

恋愛、ファンタジー、コメディ、ミステリ、ホラー、ＳＦ、etc……。

あなたが「面白い！」と思える作品をぶつけてください！

この賞で才能を開花させ、ベストセラー作家の仲間入りを目指してみませんか⁉

大賞入選作

正賞の楯と副賞300万円

準大賞入選作

正賞の楯と副賞100万円

佳作入選作

正賞の楯と副賞50万円

【応募原稿枚数】

400字詰め縦書き原稿100～400枚。


【しめきり】

毎年1月10日（当日消印有効）

【応募資格】

男女・年齢・プロアマ問わず

【入選発表】

オレンジ文庫公式サイト、WebマガジンCobalt、および夏ごろ発売の文庫挟み込みチラシ紙上。入選後は文庫刊行確約!

（その際には、集英社の規定に基づき、印税をお支払いいたします）

【原稿宛先】
〒101-8050　東京都千代田区一ツ橋2-5-10
（株）集英社　コバルト編集部「ノベル大賞」係

※応募に関する詳しい要項およびWebからの応募は
公式サイト（orangebunko.shueisha.co.jp）をご覧ください。